black music

arthur dapieve

EDITORA OBJETIVA LTDA. Rua Cosme Velho, 103
Rio de Janeiro – RJ – CEP: 22241-090
Tel.: (21) 2199-7824 – Fax: (21) 2199-7825
www.objetiva.com.br

Capa
warrakloureiro

Imagem de capa
Lise Sarfati/Magnum

Revisão
Sônia Peçanha
Lilia Zanetti
Ana Grillo

Editoração Eletrônica
Abreu's System Ltda.

CIP-BRASIL. CATALOGAÇÃO-NA-FONTE
SINDICATO NACIONAL DOS EDITORES DE LIVROS, RJ.

D222b

Dapieve, Arthur
Black music / Arthur Dapieve. - Rio de Janeiro : Objetiva, 2008.

116p. ISBN 978-85-7302-920-8

1. Romance brasileiro. I. Título.

08-3430 CDD: 869.93
CDU: 821.134.3(81)-3

"A sorrir eu pretendo levar a vida/
Pois chorando eu vi a mocidade perdida/
Finda a tempestade, o sol nascerá."

Cartola e Elton Medeiros

"Love conquers poses. Love smashes stances. Love crushes angles
Into black. So you, without question, know your first love
Is your last. And you will never – never – love again."

Pete Townshend

O menino ruivo apertou as pernas. A acentuada curva à direita na saída do túnel Rebouças torturava sua bexiga cheia. Além disso, uma voz solene latejava em sua cabeça: Lembre-se, William Cuthbert F., o príncipe Charles disse que a melhor coisa que a nobreza lhe ensinou foi ir ao banheiro antes de sair de qualquer lugar. Você nunca sabe quando terá a próxima oportunidade. Portanto, filho, não vá molhar as calças em público.

Billy quase desapontou o pai e o herdeiro do trono quando, finda a curva, o ônibus do Shakespeare Lyceum se reaprumou na rua Cosme Velho. A perspectiva de alívio trombou com o engarrafamento formado já no trevo sob o viaduto José de Alencar, entre as galerias do túnel. Aquilo era anormal, embora fosse, e o garoto estava dolorosamente ciente disso, a hora de troca do turno da manhã pelo da tarde nos dois grandes colégios católicos (*bloody papists!*) rua abaixo, primeiro o São Vicente, logo depois o Sion.

Billy teve vontade de chorar ao atinar que era 28 de outubro. Dia de São Judas Tadeu, aprendera em dois anos de Brasil, dois anos de Cosme Velho. A igreja perto de sua casa ficava cheia de fiéis e sitiada por ambulantes, flanelinhas, mendigos. Ele cogitou pedir ao motorista para abrir a porta e deixá-lo ir se aliviar num trecho a céu aberto do rio Carioca, quase puro em comparação com a nojeira que se lançava na baía, a 2 milhas.

Seria uma admissão de derrota.

O garoto, então, suportou cada jarda, cada pé, cada polegada dali até a esquina da sua rua, a Dr. Efigênio de Sales. Sua cabeça girava. A Mansão dos Abacaxis, a entrada para o largo do Boticário, a ladeira do Cerro Corá, o ponto final dos ônibus, a casa onde morou o acadêmico Austregésilo de Athayde, o bar moderninho, a oficina mecânica, o Consulado Geral da Romênia, o Museu Internacional de Arte Naïf.

O buraco.

Havia cinco dias um buraco da companhia de gás estava aberto na esquina da Smith de Vasconcellos. Ninguém trabalhava nela havia quatro dias e meio, mas o buraco, cercado por um tapume baixo, no qual se lia "Obra emergencial", continuava estreitando a Cosme Velho num ponto normalmente já tão apertado quanto o pequeno Billy. Só havia espaço para um ônibus, subindo ou descendo a rua. Assim, o motorista do ônibus azul-escuro do Shakespeare Lyceum teve de negociar no olhar e na boa vontade a vez de passar com o motorista do ônibus branco com faixas azuis e vermelhas, linha 498, Penha-Cosme Velho. Definitivamente não era um bom dia para se estar com vontade premente de fazer xixi.

Mr. Alves só abriria a porta do ônibus na pracinha depois da Smith de Vasconcellos, depois da estação do trenzinho do Corcovado, depois até da Dr. Efigênio de Sales. Mais 10 ou 12 jardas aflitivas. Quando afinal Billy pôde descer, bem em frente à estátua do engenheiro João Teixeira Soares, despediu-se dos colegas e atirou-se Dr. Efigênio de Sales acima, rumo à casa da família F. A calça do terninho grená estava miraculosamente seca.

Na pressa, e engolfado pela multidão de católicos que gravitava em torno da igreja do outro lado da rua, Billy não notou que o ônibus fora obstruído por um Golf gelo, dentro do qual estavam três homens usando máscaras de plástico com o rosto de Osama bin Laden. Um permaneceu ao volante, dois apearam do carro. Destes, um postou-se ao pé da escadinha que o garoto acabara de descer e o outro subiu-a, revelando ao motorista a Uzi sob a jaqueta de náilon verde e perguntando, voz rouca, para o fundo do veículo:

— Maicon Filipe?

Quase ninguém notou a cena, não notou a moça que, bem atrás do Osama ao pé da escadinha, espalhava corações de frango, salsichões, quadradinhos de carne de vaca no braseiro colocado sobre o balcão da barraquinha de madeira, nem as duas meninas que na venda vizinha dividiam uma latinha de guaraná *diet*, nem o flanelinha que gesticulava para os motoristas do Golf gelo e do ônibus azul-escuro andarem e assim deixarem fluir o trânsito que, Deus é pai, traria carros para estacionar no seu lote de calçada, não notaram nada sobretudo os dois PMs que conversavam animadamente com a empregada doméstica baiana em frente à cabine da sua centenária corporação, ao lado da estátua do engenheiro, nem, claro, o guarda municipal que cochilava ao volante da sua viatura, nem os devotos e turistas ansiosos por qualquer ônibus urbano que descesse o Cosme Velho, de volta à Penha ou em direção a Copacabana, nem notou nada o velho que, por trás do grupo, abanava com um jornal dobrado os paralelepípedos de queijo coalho sobre a grelha posta no chão, muito menos o vendedor na carrocinha de milho cozido, de costas para a rua, não notou a senhora de 77 anos que, contra todas as probabilidades de sobrevivência, pretendia atravessar a mão dupla fora do sinal, também não notou o guarda municipal que apitava histérico para o ônibus do Shakespeare Lyceum se mover, sem enxergar o Golf gelo meio atravessado na sua frente, o Osama tranqüilão ao volante, nem os dois moleques da favela do Cerro Corá, sem nada melhor para fazer, a não ser ver o movimento na igreja e quem sabe descolar algum, nem o motorista do Ford Escort verde que começava a aumentar a velocidade naquele trecho (só para pegar outro engarrafamento, criado pela troca de turno no São Vicente, pouco adiante, quase em frente a onde um dia estivera a casa de Machado de Assis), não notou o *motoboy* do Mamma Rosa que havia ido entregar uma pizza margherita lá em cima, no Hospital Silvestre, nem, já na mão que subia a rua, a mulher de cabelos alourados ao volante do Mitsubishi Pajero dourado de vidros enegrecidos, falando ao celular, infração grave, pontos na carteira, multa, se algum guarda a pudesse enxergar, lógico, nem o motorista de mais um 498 a trazer devotos de São Judas Tadeu de longe, desde a tão devota Penha, o bairro da igreja dos 365 degraus entalhados na pedra, nem notaram a cena no ônibus azul-escuro as mulheres que vendiam velas flores medalhinhas anéis canetas camisetas bolsas, tudo com a efígie do santo, nem a que vendia imagens representando o santo na sua gruta nos fundos da igreja do Cosme Velho, nem o homem que distribuía santinhos em papel, nem o que vendia fitas alusivas à data para se amarrar no pulso, nem o jornaleiro, ocupado demais em vender água fresca a fiéis suados, nem os motoristas de táxi que buscavam fisgar alguém para dar uma volta a preços extorsivos lá por cima, nas Paineiras, no Corcovado, no Cristo Redentor, tão concentrados estavam em segurar seus álbuns de fotos amarelecidas das maravilhas que o turista poderia apreciar durante o passeio, os fiéis, então, estes é que não notaram Osama nenhum mesmo, ansiosos por fazerem seus pedidos ao santo das causas impossíveis, emprego, doença na família, loteria federal, vitória para o Flamengo, progresso para o Brasil, isto porque, passados os portões da igreja, galgados os primeiros dez degraus, galgados os cinco degraus suplementares, miravam direto a nave circular, onde receberiam rosas vermelhas aspergidas com água benta, e logo rezariam, em voz alta ou em corações cansados, uma oração a São Judas Tadeu glorioso apóstolo fiel servo e amigo de Jesus o nome de Judas Iscariotes o traidor de Jesus foi causa de que fôsseis esquecido por muitos mas agora a Igreja vos honra e invoca por todo o mundo como patrono dos casos desesperados e dos negócios sem remédio rogai por mim que estou tão desolado eu vos imploro fazei uso do privilégio que tendes de trazer socorro imediato onde o socorro desapareceu quase por completo assiste-me nesta grande necessidade para que eu possa receber as consolações e o auxílio do céu em todas as minhas precisões tribulações e sofrimentos São Judas Tadeu alcançai-me a graça que vos peço eu vos prometo ó bendito São Judas Tadeu lembrar-me sempre deste grande favor e nunca deixar de vos louvar e honrar como meu especial e poderoso patrono São Judas Tadeu rogai por nós, tais fiéis não notaram nada mesmo porque já desciam dos ônibus tentando lembrar se depois da oração a São Judas Tadeu deveriam rezar um Pai-nosso, uma Ave-Maria e um Glória ao Pai ou uma Ave-Maria, um Pai-nosso e um Glória ao Pai, e os fiéis que saíam da nave circular tinham agora nova preocupação, comer algo nas barraquinhas autorizadas pela paróquia a funcionar nos vários pátios da igreja, comer bolo de São Judas, bolo de aipim, cocada branca, cocada preta, cocada com leite moça, cocada com melão, cocada com maracujá, cocada com brigadeiro, aipim com carne-seca, maçã do amor, mais salsichão, e tome rissole, coxinha, pastel, a fé dá fome, fome e sede, beber água, Coca-Cola, guaraná em copinho, cerveja em lata e até dose de cachaça, a fé dá fome e sede, lembrai-vos, Jesus multiplicou o pão, o peixe e o vinho, então os fiéis saciados podiam prestar atenção às barraquinhas de lembranças, mas não ao Golf gelo parado com um Osama ao volante, e sim prestar atenção às barraquinhas que vendiam ex-votos, cabeças, mãos, pés, ventres, partes não identificadas do corpo, melhor assim, para agradecer os milagres de São Judas Tadeu, mas não ao Golf gelo parado com um Osama ao volante, como se fosse banal estar sempre um Golf gelo parado com um Osama ao volante bem ali, e os jogadores do Flamengo que foram à igreja pedir ao santo padroeiro do seu time livrá-lo do rebaixamento para a Segunda Divisão e assistir à missa celebrada pelo cardeal-arcebispo do Rio de Janeiro, eles não notaram nada de mais estranho, imersos na própria vergonha depois de um empate em dois gols com o Juventude, lá na fria Serra Gaúcha, Caxias do Sul, mais de mil milhas em linha reta ao sul dali, empate este que manteve o time na penúltima colocação do Brasileirão 2005, perigo, perigo, o técnico Joel Santana e os 16 jogadores que deixaram quatro camisas rubro-negras atrás do altar (uma delas, autografada por todos, seria rifada em benefício da paróquia) depois de terem sido muito aplaudidos e um pouco vaiados na descida do ônibus do clube na rua Cosme Velho não notaram nada de mais estranho, nem eles nem as demais vendedoras de velas flores medalhinhas anéis canetas camisetas bolsas, algumas velhas e gordas, algumas bastante jovens e usando minissaias tão curtas, tão curtas, tão pouco religiosas, não notaram nada da movimentação as pessoas que esperavam o sinal abrir para cruzar a rua em direção à estação do trenzinho, nem o devoto emocionado que dava entrevista para a equipe do SBT, nem outro guarda municipal apitando para o trânsito que subia na direção do túnel, nem o motorista careca do Fiat Stylo que rezava para conseguir uma vaga perto da igreja, de modo a descer confortavelmente sua tia entrevada, tão precisada de uma última graça, coitada, nem, girando girando girando de volta à mão que descia, o 422 parado atrás do ônibus do Shakespeare Lyceum, ainda vazio de passageiros, mas com o motorista cheio de uma pressa impossível rumo ao Grajaú, orai a São Judas Tadeu, pisando no acelerador a título de buzina, fungando no cangote do veículo escolar, nem, é claro, olha só, a motocicleta com mais dois caras mascarados de Osama, nada notaram dela os flanelinhas que indicavam supostas vagas de estacionamento na Smith de Vasconcellos, nem os vendedores de bugigangas para turistas, facas que falsamente atravessam a cabeça, falsas camisetas verde-e-amarelas da Nike, cartões-postais verdadeiros de falsas mulheres do Rio de Janeiro, essas coisas, nem mais uma alcatéia de motoristas de táxi e seus álbuns sujos, nem o cidadão que suava sozinho na barraquinha que anunciava frango empanado com Catupiry, tentando dar conta da multidão faminta naquela hora de aflição que é o almoço, ela, então, ah, não estava nem aí, cega ao tráfego, insensível a tudo, menos a seus ventres, nem acharam nada de anormal naquele caos os japoneses que saíam da estação do Corcovado, máquinas fotográficas e filmadoras digitais de última geração penduradas nos pescoços (por causa de uma daquelas maravilhas, o octogenário de Nagóia seria morto a facadas em Ipanema, na noite seguinte), esses passaram em fila indiana ao lado do ônibus azul-escuro do Shakespeare Lyceum, bonezinhos enfiados na cabeça para proteger a pele alva do sol quente, também sem notar os Osamas, quase ninguém notou a cena, quase ninguém, exceto uma das duas adolescentes de

Tóquio que os viu, sim, viu, sorriu e fotografou o mascarado que, subindo a escada por onde William Cuthbert F. acabara de descer, revelou ao motorista a Uzi sob a jaqueta de náilon verde e perguntou, voz rouca, para o fundo do veículo:

— Maicon Filipe?

Uma voz fina retrucou na última fila:

— Michael Philips?

Eu era arrastado pelos braços por dois homens que não via, mas ainda não sentia medo do grupo terrorista. A dor nos joelhos que batiam na escada de cimento era maior. O joelho direito doía muito. Pensei que ele podia até estar quebrado.

Foi bom chegar a um terreno plano. Nós entramos numa casa, eu percebi a luz morrendo sobre o capuz. Os dois homens me atiraram numa cadeira. Dobrei e desdobrei o joelho direito, que talvez não estivesse quebrado. Fiquei quieto porque era vigiado.

No começo, eu ouvia apenas três respirações ofegantes. Uma no meu próprio peito, as outras duas atrás de mim. Acho que minutos se passaram. Depois, eu ouvi as vozes se aproximando. No meio delas, distingui a voz rouca que havia me chamado no ônibus.

"Acho que pegamos o garoto errado, chefe. Esse garoto aí é preto."

A voz disse isso em português. Eu entendi. Fiquei confuso porque não tinha entendido a conversa entre os Bins Ladens dentro do carro. Apenas senti que subimos uma ladeira, atravessamos um túnel, descemos uma ladeira, subimos uma escadaria.

As vozes aumentaram e então sumiram bem na minha frente. Eu continuei quieto. Tiraram o meu capuz. A luz do começo da tarde passava pelas tábuas de madeira pregadas na única janela do quarto. Ela iluminava cinco negros magrelos e um pigmeu branco.

Todos eles usavam máscaras de Bin Laden. O terrorista rouco da jaqueta de nylon verde de novo me apontava a sua Uzi. Os outros também estavam pesadamente armados. Mais uma Uzi, muito pequena, coronha recolhida. Três AR-15, a típica alça acima do cano. Um Sig Sauer, mais robusto e caro que o AR-15, nas mãos do pigmeu branco. Eu fiquei surpreso de não ver nenhum pente de munição curvado para a frente, nenhum Kalashnikov.

O pigmeu branco era o único com o peito ossudo nu. Ele quebrou o silêncio:

"Maicon Filipe?"

Era a segunda vez que eu ouvia o meu nome errado em menos de meia hora.

"Michael Philips."

Minha maldita voz saiu fina. Não entendi se apanhei por causa da minha maldita voz fina ou por ter corrigido o pigmeu branco, mas sei que o tapa dele na minha orelha esquerda me jogou no chão. Dois dos negros magrelos me pegaram pelos braços e me puseram sentado de novo, torto de terror. Um deles encostou um revólver na minha nuca. Acho que era um Rossi. O pigmeu branco seguiu falando num tom indiferente:

"Maicon Filipe? Cidadão americano, 13 anos, filho único de Tomás Gordon Filipe, executivo da Ezon no Brasil, morador da Praia do Flamengo, 196, cobertura duplex."

Eu tinha acabado de aprender a não corrigir mais nada nem ninguém.

"Sim, sou eu."

Minha maldita voz saiu fina de novo. O pigmeu branco não me bateu dessa vez. Ele apenas se virou para o terrorista rouco da jaqueta de nylon verde:

"É o garoto, mané."

Em resposta, o terrorista rouco da jaqueta de nylon verde gritou de alívio:

"Pô, a Dorô bem podia ter avisado pra gente que o garoto era preto!"

A direita do pigmeu branco acertou em cheio o narigão da máscara de Bin Laden do terrorista rouco da jaqueta de nylon verde, mas ele não caiu no chão nem protestou nada.

Dorô? Ah, Dorotéia, imaginei. A jovem negra brasileira que tinha trabalhado como faxineira lá em casa por dezenove dias de julho. Eu me lembrava bem porque achava ela quente. E achava que ela se exibia para mim quando limpava o quarto nas tardes chuvosas de inverno. Eu ficava recostado na cama me esforçando para parecer distante, lendo a revista de jazz. Dorotéia ficava na ponta dos pés para espanar a prateleira dos meus velhos bonecos de ação. Ao fazer isso, o vestido cor-de-rosa claro dela subia algumas polegadas pelas coxas. Engraçado. Dorotéia não parecia muçulmana. Uma verdadeira muçulmana não mostraria o corpo daquela forma, mostraria? Por outro lado, talvez uma verdadeira muçulmana se sacrificasse pela guerra santa mostrando as coxas para um cão infiel. Eu tinha aprendido a gíria dos muçulmanos assistindo aos vídeos da al-Qaeda na ABC.

O pigmeu branco fez um comunicado oficial:

"É você mesmo que a gente queria. Maicon Filipe."

"O que vocês querem de mim?"

Minha maldita voz saiu ainda mais fina do que nas duas vezes anteriores. O chute de esquerda do pigmeu branco mascarado de Bin Laden me acertou no joelho que já estava doendo, o direito. Eu quase caí de novo no chão. Quase. Uma ordem veio junto do chute:

"Fala que nem homem."

"Eu sou uma criança!"

Minha voz saiu grossa e com vibrato. Como uma frase do Ben Webster. Eu não entendi se o pigmeu branco e os cinco negros magrelos mascarados de Bin Laden ficaram silenciosos alguns instantes por causa da reclamação ou por causa da mudança de registro. O chefe da célula terrorista enfim retrucou com uma pergunta:

"E quem aqui não é?"

Todos eles riram alto. O negro magrelo mascarado mais à direita do grupo riu se contorcendo para a frente e para trás com seu AR-15. Os seis terroristas começaram a falar ao mesmo tempo de pessoas que eu não conhecia, usando gírias que eu não tinha aprendido. Eu sempre tive dificuldade de entender pobres brasileiros falando rápido. Eu tinha tanta dificuldade que nem poderia garantir que aqueles ali estivessem falando mesmo português. Podia ser árabe. Existiam árabes negros magrelos, não existiam? Existiam até árabes pigmeus brancos, não existiam? Existiam inclusive alguns árabes americanos no Afeganistão, não existiam? Eu sabia porque tinha visto uma reportagem na Fox News.

Eles ainda falavam coisas que eu não entendia enquanto me amarraram com os braços para trás da cadeira e deixavam o quarto, gargalhando. Ninguém se preocupou em recolocar o capuz ou, ao menos, me amordaçar. Ninguém ficou para me vigiar também. Isso era bom por um lado e ruim por outro. Era bom porque ficar de capuz era horrível. Era ruim porque ficar amarrado também não era legal. Era bom porque não ficou nenhum terrorista muito perto de mim. Era ruim porque isso mostrava que não ia adiantar nada eu gritar por socorro. Fiquei quieto. A única coisa que eu podia fazer livremente era pensar.

Quais seriam as exigências dos meus seqüestradores? O desbloqueio das contas da al-Qaeda nos bancos lá da América? A libertação dos terroristas talibãs presos na base de Guantánamo? Ou a retirada imediata das tropas americanas do Iraque? George W. Bush jamais aceitaria nada disso, ao menos não em troca de um menino negro de 13 anos cujo pai era democrata. Eu estava ferrado. Perdi qualquer esperança de voltar a ver mamãe e papai. Eu tinha apenas 13 anos. Idade de má sorte. A gente deveria pular dos 12 para os 14. Os andares dos prédios da minha terra pulam do 12 para o 14. Melhor assim.

Eu também percebi que estava com vontade de fazer xixi. Era outra coisa que eu não tinha como resolver. A vontade foi apagando a ardência na minha orelha esquerda, foi apagando a dor no meu joelho direito, foi diminuindo até o meu medo dos terroristas. Fazer xixi virou a única coisa que me importava assim que minha bexiga começou a doer. Eu gritei por ajuda. Ninguém atendeu. A casa estava silenciosa, mas eu gritei, gritei e gritei, sem ter satisfação. Foi quando chorei, primeiro baixo, depois alto. Ninguém ouviu. O desespero de estar só apagou a dor na bexiga do mesmo modo que a dor na bexiga tinha apagado a dor na orelha esquerda, a dor no joelho direito e o medo dos terroristas. O cansaço de chorar me fez dormir. Quando eu reabri os olhos já era noite além das tábuas na janela do quarto. Gritei por ajuda mais uma ou duas vezes, gritei por gritar, porque sabia que ninguém viria me socorrer no barraco escuro. Então, voltei a cair no sono.

Eu acordei com a lâmpada pendurada pelo fio acesa sobre a minha cabeça. Havia uma negra na porta aberta do quarto. Ela também usava uma máscara de Bin Laden, mas com certeza não era a Dorotéia. Ela era mais gorda e tinha a pele mais clara, bem mais clara que a minha. Ela vestia um short de lycra e uma camiseta menores do que deveria, em cores berrantes, limão e rosa. Coisa pouco muçulmana, pensei. Ela falou muito alto:

"Ei, o cara mijou a porra das calças! Vem cá!"

Eu olhei assustado para a poça de xixi aos meus pés ao mesmo tempo que senti o calor úmido entre as minhas pernas. A negra de pele mais clara que a minha sumiu. Em troca surgiram na porta do quarto dois negros magrelos também mascarados de Bin Laden. Impossível dizer se estavam na turma da tarde. Um deles estava sem camisa. Ele tinha uma cicatriz redonda à direita do umbigo. Ou ele ou o outro fez uns estalos com a língua. Ele começou a me desamarrar. O outro usava uma camisa do São Paulo e apontou um revólver brasileiro diretamente para os meus olhos. Este eu vi bem. Era um Taurus, calibre 38, modelo 88 C/I, seis tiros, aço inox azul, número de série certamente raspado, quase novo. Eu adorava folhear as revistas de armas do papai e tinha boa memória.

O negro magrelo mascarado usando a camisa do São Paulo sinalizou com o Taurus para que eu me levantasse e fosse para um canto do quarto. Quando eu obedeci, ele teve de corrigir a mira. O negro magrelo mascarado com a cicatriz redonda à direita do umbigo pareceu se assustar e correu para pegar o FAL que tinha deixado encostado na parede perto da porta. Quando ele virou de costas, eu vi que tinha outra cicatriz redonda mais ou menos na altura do rim direito. Imaginei que ele devia ter sido atravessado por uma bala de bom calibre. O bastardo tinha sobrevivido. Ele apontou o fuzil automático para mim também. Os dois terroristas me encurralaram no canto do quarto. Entendi por que apenas quando a negra de pele clara voltou com balde e pano de chão. Ela berrou:

"Caraca, o garoto é alto pra caralho! Deve ter dois metro essa porra!"

Eu me orgulhava da minha altura. Seis pés e três polegadas. Quando eu parasse de crescer, daqui a uns cinco ou seis anos, teria facilmente sete pés. Altura de pivô. Talvez eu até conseguisse uma bolsa para estudar música e jogar basquete por North Carolina, em Chapel Hill. Michael Jordan tinha se formado em Geografia Cultural lá. Ele era armador e media apenas seis pés e seis polegadas. Eu estava quase lá. No meu quarto, eu tinha um pôster em preto-e-branco, emoldurado e autografado daquele arremesso decisivo dele, contra Georgetown, no título universitário de 1982. O placar eletrônico atrás da sua cabeça congela o momento histórico que precede a eternidade. Eu li isso em algum lugar. Faltam 17 segundos para o fim do jogo, North Carolina tem 61 pontos, Georgetown 62. Jordan está no ar, sua boca está entreaberta, a bola mal saiu de suas mãos, dois marcadores já olham para a cesta. O pôster foi o meu presente de aniversário de 10 anos. Papai comprou numa loja da Lexington com a Rua 55. O certificado de autenticidade veio colado atrás. Eu queria defender os Tar Heels. Depois, eu queria jogar nos Chicago Bulls.

Dois marcadores me encurralavam num canto da quadra e eu nada podia fazer. Minha altura era inútil. Minha cor também estava errada. Desculpem-me por ser negro e alto. Desculpem-me por ser americano. Desculpem-me pelo Iraque. Desculpem-me pelo Afeganistão. Desculpem-me por termos construído as torres que vocês foram obrigados a derrubar. Desculpem-me, seus pobres coitados. Eu apenas pensei isso tudo, claro. Continuava encurralado num canto do quarto por dois terroristas negros magrelos mascarados de Bin Laden. Um Taurus 38 e um FAL apontados para o meu peito.

A negra de pele clara também mascarada de Bin Laden passava o pano de chão no xixi e torcia os pingos grossos dentro do balde. Ela berrava uns palavrões. Estava ajoelhada e, de vez em quando, precisava esticar um braço e apoiar o outro para alcançar um ponto mais distante dos seus joelhos. Nessas horas, ficava de quatro, o traseiro ainda maior. Como o das velhas negras gordas da minha terra. Mas ela era jovem e, para dizer a verdade, não chegava a ser gorda. O traseiro enorme espremido pelo short de lycra limão é que praticamente deixava ela aleijada. Eu e o negro magrelo mascarado e sem camisa notamos ao mesmo tempo que nossos olhos estavam pregados no traseiro enorme da negra de pele clara. Eu abaixei a cabeça. Ela berrou, como se alguém ali no quarto fosse surdo:

"Pronto! Vê se segura a onda da próxima vez, garoto! O He-man ainda não acertou ainda como vai ser esse negócio aqui! Limpar mijo e merda não faz parte do nosso trato!"

He-man. Eu tive de me esforçar para não rir enquanto era amarrado de novo pelo terrorista sem camisa. O pigmeu branco se chamava He-man. O He-man da televisão era musculoso. Como o Schwarzenegger quando chegou da Áustria. Depois ele foi ser artista e terminou um republicano gordo. Aquele pequeno chefe árabe deve ter sido sempre subnutrido. Não seria eu que diria isso a ele. Apenas de pensar nisso minha orelha esquerda e meu joelho direito voltavam a doer. De tarde, eu tinha aprendido o valor do silêncio. Como Miles Davis se afastando do microfone para chamar a atenção da platéia.

Deixado aos meus próprios pensamentos, pensei. He-man ao menos não era um nome árabe. Talvez o pigmeu branco mascarado de Bin Laden não fosse árabe. Mas se pelo nome ele era americano por que não falava comigo em inglês? O inglês era a língua em que os valentões da escola gozavam dele por ser subnutrido? Ou ele teria renunciado ao próprio idioma quando viu o seu campo de treinamento extremista no Afeganistão ser bombardeado pelos nossos F-16? Fazia sentido. Ou não fazia? Aquele John Walker tinha até pegado em armas contra os seus compatriotas, isto é, contra nós. Ou não tinha? Besteira. Provavelmente não era nada disso. Aquele He-man devia ser brasileiro mesmo. Os brasileiros pobres adoram dar nomes americanos aos filhos. Quanto mais estranhos melhor. He-man da Silva, chefe da célula da al-Qaeda no morro, muito prazer. Não. Era ridículo demais até para os padrões locais. He-man era apenas um apelido, óbvio. He-man podia ser terrorista e brasileiro. Talvez tivesse vindo de Foz do Iguaçu para chefiar a operação. Mas He-man também nem precisava ser muçulmano. He-man podia ser um aliado local do Osama bin Laden. Horas de maus pensamentos fizeram o sono me pegar de jeito.

Eu estou chegando a uma espécie de acampamento, no qual os barracões têm as paredes brancas, cobertas de azulejos, como um hospital, e chegam também várias famílias desconhecidas, algumas com garotas brancas da minha idade, uma delas até se parece com uma colega de liceu, Jolene Parton, e eu fico curioso para descobrir se aquela garota loura é ela mesma, mas sou mantido só numa sala de espera enquanto as famílias são levadas para banheiros com chuveiros coletivos, e eu consigo espiá-las por cima dos basculantes, estão todos nus, pais e filhos, conversando animadamente, indiferentes a paus, bocetas, peitos e cus, os pentelhos estão começando a crescer em algumas das meninas, e eu sinto meu próprio pau inflando como um balão, porque eu vou voando de basculante em basculante, flutuando, olhando as famílias nuas, à procura da sósia da Jolene, e quando eu noto também estou nu, mas ninguém se importa com o meu pau duro, até que finalmente eu vislumbro a família da garota loura que parece ser a Jolene e é ela, sim, a Jolene, mas diferente da Jolene do liceu porque a água do chuveiro escorre sobre peitos imensos, anormais, de grandes mamilos rosados, enquanto a Jolene está enxaguando o meio das pernas e, quando ela tira as mãos, eu vislumbro sob a espuma rosada do sabonete uma mata fechada de pentelhos bem pretos.

Eu senti um leve toque na minha perna esquerda. Eu me assustei e abri os olhos. Já era manhã. A luz passava pelas tábuas na janela. Sentado em outra cadeira, diante de mim, estava o pigmeu branco mascarado de Bin Laden. Ele estava ladeado por dois dos negros magrelos mascarados de Bin Laden. Um deles me apontava um AR-15. O outro mantinha a Uzi pendurada no ombro como se fosse um pau mole. O líder da célula comentou com eles em português, na sua voz monótona:

"Está um baita cheiro de água sanitária aqui, não está?"

O instinto de apertar as pernas me denunciou.

"Ah, moleque, o garoto melou as calças!"

Os três riram, aquele riso alto mas abafado por causa das máscaras.

"O garoto está seqüestrado, amarrado, fudido, tomou umas boas porradas e ainda esporrou! Deve ser daquele tipo de maluco que gosta de apanhar. Não vamos bater mais nele, não, combinado? Ele pode se apaixonar pela gente..."

Eu abaixei os olhos. Foi quando vi o celular de uma marca finlandesa na mão do pigmeu branco mascarado de Bin Laden. Ele notou.

"É, eu liguei para o teu pai agora. Sabia que se ele não fosse um filho-da-puta desnaturado, estaria esperando ao lado do telefone. O telefone nem tocou. Eu disse para ele que o preço da sua vida, na minha mão, é de 200 mil, à vista e trocado. Ele reclamou que não tinha como conseguir este dinheiro num final de semana. Mandei ele se virar."

"Duzentos mil reais ou 200 mil dólares?"

"Não tinha pensado nisso."

Nós fizemos silêncio. Eu estava arrependido de ter perguntado. Ele ficou satisfeito.

"Boa idéia, garoto. Dólar vale mais. Teu pai é gringo que nem tu e deve estar montado nos dólares. No próximo telefonema, a gente explica isso melhor."

Eu tentei argumentar, enquanto ele se levantava:

"Seu He-man..."

Ele deixou cair o seu pouco peso na cadeira.

"Quem te disse o meu nome?"

"A moça de pele clara que estava aqui ontem à noite."

"Puta merda."

"Seu He-man, meu pai não é rico assim, ele é apenas um funcionário..."

Eu insisti, na minha voz esganiçada. Como Albert Ayler solando *spirituals*. Não adiantou. He-man já tinha se levantado. He-man já estava berrando por alguém fora do quarto. Achei que ele estava berrando "Jolene! Jolene!" lá fora, mas eu ainda devia estar zonzo do sonho. Os negros magrelos mascarados saíram atrás dele e fecharam a porta com força. Imaginei que eles queriam mostrar para o chefe que estavam tão furiosos quanto ele. Mais uma vez, eu fiquei só. A mancha esbranquiçada na calça do terno grená parecia uma ilha, cercada pela mancha maior e mais escura que o xixi tinha deixado. Desejei que a negra de pele clara voltasse para limpar essa sujeira também. Não sabia que horas da manhã eram, mas já fazia calor no barraco.

Ela e o negro magrelo de voz rouca tinham a língua solta. O treinamento desta célula terrorista era bastante deficiente. Isso era bom para mim. Eu poderia descobrir coisas. Já sabia dois nomes: Dorotéia e He-man. Talvez pudesse descobrir o nome verdadeiro dele, caso He-man fosse mesmo apenas um apelido. Talvez até pudesse passar o nome verdadeiro dele para papai durante um telefonema, meio em código. Talvez papai e a polícia brasileira pudessem estabelecer um perfil psicológico dele a partir da minha valiosa informação. Talvez eu pudesse me tornar o herói do meu próprio resgate. Eu iria ser entrevistado pela CNN. Larry King viria entrevistar o jovem herói negro americano do Rio de Janeiro. Com os peitos miúdos da vida real, Jolene Parton me daria um beijo na boca no dia em que os compromissos deixassem eu voltar ao liceu. Todas as outras meninas sentiriam inveja dela. Eu pensava merda porque era criança e para não pensar na fome.

Eu nunca usava relógio. Mamãe dizia que a cidade dela era muito violenta. Papai dizia que nenhuma cidade poderia ser tão violenta quanto Nova York. Discussão besta, mas sempre achei que mamãe estava certa. A gente ouvia coisas no liceu... Tive a impressão de que muitas horas se passaram até que a porta se abrisse de novo e a luz da lâmpada pendurada pelo fio fosse acesa em pleno dia. Eu saudei silenciosamente o louro de cabelos escorridos que entrou no quarto carregando um aparelho portátil de radiocomunicação. Oi, He-man. Eu nunca tinha visto o rosto de He-man antes, certo, mas também não tinha visto nenhum outro pigmeu branco por ali, logo... Atrás dele vinha uma negra de pele clara e quadris aleijados. Ela também já não usava a máscara de Bin Laden. Ela era muito feia e carregava um prato nas duas mãos. Atrás dela vinha um negro magrelo com uma cicatriz redonda à direita do umbigo. Ele também não usava mais a máscara de Bin Laden. Ele tinha do lado esquerdo da face uma cicatriz reta e inchada que ia da testa até o queixo e me apontava uma Uzi. Pensei nos três Reis Magos, não sei por quê. Eu nem era religioso.

He-man sentou-se na minha frente. O aparelho de radiocomunicação soltava uns guinchos que eu não entendia, mas ele prestava a maior atenção naqueles guinchos. O negro magrelo das cicatrizes me desamarrou e deu um passo atrás. A negra de pele clara e quadris aleijados me deu o prato e saiu depressa do quarto. Havia feijão e arroz no prato. Havia também uma colher e um quadrado de carne de boi cozida. Eu senti o calor nas mãos. He-man fez um movimento com a cabeça. O negro das três cicatrizes fez um movimento com a Uzi. Eu comecei a comer. A comida quente estava gostosa, mas a carne estava dura, tive de chupar aos poucos. Evitei olhar os dois terroristas nos olhos. He-man começou a falar, na sua voz monótona:

"Não faz mais sentido usar máscaras. Você já sabe que nós somos os caras."

Bem, eu não fazia a menor idéia de quem eram os caras. Sabia apenas dois nomes. Tinha visto apenas cabelos louros escorridos. Um traseiro enorme. Três cicatrizes. Meia dúzia de armas pesadas. Nada mais. He-man tinha uma idéia exagerada da própria importância. Como diriam os colegas brasileiros do liceu, ele se achava. Eu não disse isso.

"Sim, eu sou o He-man. Este aqui à esquerda é o meu braço direito, o Astroblema. E a piranha da língua solta que fez esta comida é a Jô. Ela está boa?"

Eu demorei a entender que He-man falava da comida e não da Jô. Fiz que sim com a cabeça porque estava às voltas com o pedaço de carne de boi cozida. Eu olhei diretamente para He-man pela primeira vez. Os cabelos louros escorridos batiam nos ombros estreitos. Ele usava uma fita elástica ridícula na testa. Como um tenista da década de 70. Seus olhos eram azuis como os de um husky siberiano. Sua cara pálida estava coberta por espinhas inflamadas. De uma delas, vazava um pouco de pus e sangue, como se alguém tivesse acabado de espremer com uma unha grande e suja. Eu quase engasguei de nojo e cuspi a carne de volta no prato. Talvez tenha sido o ato de cuspir que me deu a confiança para perguntar algo que, para minha felicidade, saiu na minha voz grossa:

"Vocês não são árabes?"

"Árabes?! Está doido, moleque? Não, que árabes que nada, você é refém do movimento do Búfalo, com muito orgulho. O tráfico, tá ligado? Nós somos queridos na comunidade. Vê se não esquece de mencionar isso quando você for libertado."

He-man fez um segundo de silêncio e acrescentou:

"Se você for libertado, é claro."

"Mas e as máscaras?"

"O que que tem as máscaras?"

"Bin Laden."

"E daí?"

"Por que vocês usariam máscaras do Osama bin Laden se não fossem árabes, se não fossem membros da organização terrorista dele ou ao menos simpatizantes da al-Qaeda?"

"Porque eram as máscaras que estavam em liquidação no Saara."

"Saara?"

"Você nunca foi ao centro da cidade?"

Eu fiz que não com a cabeça, estava mascando o pedaço de carne de boi cozida.

"Lá no Saara, que fica no centro da cidade, tem um monte de lojas baratas. As máscaras de carnaval estavam em liquidação. *Sale*, não sabe? Compramos uma porrada."

"Por que Saara?"

"Eu te disse, tá cheio de lugar barato."

"Não é isso. Por que o lugar se chama Saara?"

"Acho que é porque tem muitos árabes lá."

"Viu?"

"Viu o quê?"

"Tem muitos árabes lá. E você sabe quem é Bin Laden."

"Daí que tem muito árabe? E quem não sabe quem é Bin Laden?"

Eu pensei nisso enquanto babava um pouco mais o pedaço de carne de boi cozida. Astroblema fez questão de concordar com o chefe na sua voz rouca:

"Pô, todo mundo sabe. O cara é até personagem de programa de humor..."

He-man riu. Mais uma vez, cuspi o pedaço de carne de boi cozida no prato:

"Humor?!"

"Ah, nunca viu, gringo? Pô, fala sério..."

He-man levantou-se e saiu do quarto. Tudo no mesmo movimento. Ele continuou a rir lá fora enquanto contava para alguém como eu era ignorante. Jô voltou, sorrindo. Ela viu que eu ainda não tinha terminado de comer e esperou. Uma gueixa perto do escândalo pelo xixi. Desisti do pedaço de carne de boi cozida para raspar o feijão e o arroz do prato. Enquanto engolia a massa preta e branca, pela primeira vez prestei atenção no rosto de Jô. Mamãe às vezes dizia que uma pessoa era feia como a necessidade. Eu nunca tinha entendido o significado dessa expressão em português até prestar atenção no rosto de Jô.

Se alguém era feia como a necessidade, era Jô. Ela tinha os cabelos pretos alisados. Todos os fios pareciam grudados. Grossos. Queimados. Duros. Como um capacete. Jô tinha os olhos castanho-claros esbugalhados. O olho da esquerda era um pouco torto. Jô tinha o nariz grande achatado para cima. As narinas ficavam expostas. Os lábios eram enormes, virados para fora, deixando ver a carne rosada do interior da boca. Como Stanley Crouch.

Jô bem ou mal melhorava do pescoço para baixo. Os pequenos seios empinados pareciam dois balões de gás presos pela blusa de malha preta. A barriga se entortava para trás, cheia de curvas. O traseiro monstruoso surgia ao lado dos quadris, como uma construção ilegal por trás de uma fachada. As pernas eram grossas, mas bonitas. Eu terminei de olhar a Jô e vi que a Jô me olhava de volta. Abaixei os olhos e estendi o prato na direção dela, agradecendo. O pedaço de carne de boi chupado jazia murcho e frio na borda do prato, como um cachorro atropelado na beira de uma estrada.

Astroblema me amarrou de novo. Ele apagou a luz e saiu batendo a porta do quarto, sem ter nenhuma boa razão para isso. Passei o resto da tarde só, pensando na minha situação. Se He-man era um bandido comum, talvez eu conseguisse rever mamãe e papai. Bastava o papai arrumar o dinheiro. Era muito dinheiro, mas a empresa dele iria ser solidária com o funcionário do ano, não iria? O que eram 200 mil dólares de ajuda para quem tinha conseguido milhões de dólares para a empresa aqui no Brasil?

O calor do dia, a quentura da comida e a esperança renascida me deram sono. Além disso, não tinha nada melhor para fazer. Eu sempre dormia muito. Mamãe dizia que eu devia ter pressão baixa porque tinha pouco sangue para circular pelos meus seis pés e três polegadas. Talvez fosse isso, não sei, mas não sonhei daquela vez. Dizem que a gente sempre sonha alguma coisa, mas às vezes não se lembra. Não me lembro do que sonhei, então. Ou talvez tenha sonhado que a porta se abriu assim que peguei no sono.

He-man não entrou no quarto. Jô entrou, carregando o mesmo prato com a mesma comida. Atrás dela entrou um negro sem máscara que não era o Astroblema e nem se apresentou. Este negro não era magrelo como os outros negros que eu tinha visto antes, mascarados de Bin Laden. Este era atarracado e forte, o tronco saltando para fora de uma bermuda florida de azul e branco. Ele tinha os olhos quase pretos vidrados e me apontou um AR-15 antes até de eu começar a chupar mais um pedaço duro de carne de boi cozida. Eu desviei o olhar para as tábuas na janela. Percebi que já era uma segunda noite lá fora. Nunca pensei que um seqüestro passasse tão rápido. A carne estava mais mole, mas não tão boa quanto no almoço. Olhei de lado para o negro atarracado e forte. Os olhos quase pretos dele continuavam vidrados em mim. Desviei o olhar, mais uma vez. Senti medo. Jô não tinha ficado para esperar eu acabar de comer. Ela saiu do quarto e voltou apenas quando o prato estava vazio. Nas mãos, trazia o balde da noite anterior.

Eu não queria ficar só e puxei assunto com a Jô:

"Obrigado pela comida, ela estava gostosa."

"Ah, é?!"

"Você sabia que o apelido da menina que eu mais gosto na escola também é Jô?"

"Ah, é?!"

"Ela se chama Jolene. Nome de uma música da minha terra."

"Ah, é?!"

Cada novo "ah, é?!" de Jô era mais alto que o "ah, é?!" anterior. Como uma progressão de *staccati* numa corneta velha. Mas eu não desanimei:

"Você se chama Jolene também?"

"Não, garoto, meu nome é Jô, só Jô!"

Até ela pareceu se assustar com o modo como berrou a última frase. Para disfarçar, apontou o balde que tinha deixado no canto do quarto e berrou de novo:

"Você pode se aliviar ali! Não estou a fim de limpar merda dos outros, vai!"

Eu me levantei da cadeira. O negro atarracado e forte se assustou com a minha altura do mesmo modo que os seus colegas magrelos tinham se assustado na noite anterior. Ele deu dois passos para trás e os seus olhos vidrados quase saltaram da cabeça. Andei em câmera lenta até o balde. Eu não estava apenas sendo cauteloso. Meu corpo doía depois de passar tanto tempo na mesma posição. Fiquei de costas para Jô e para o negro atarracado e forte do olhar vidrado. Eu não tinha percebido o quanto estava com vontade de fazer xixi, achei que o balde fosse transbordar. Eu senti que também tinha cocô a fazer, mas eu não estava pronto para fazer cocô perto de outras pessoas, não ia ter como me esconder atrás do meu corpo. Sacudi o pau e ajeitei a calça do terno grená do liceu manchada de branco perto do zíper. Voltei para a cadeira devagar, me sentei devagar, levei os braços para trás da cadeira devagar. Tive muito medo do olhar vidrado daquele negro atarracado e forte. Ele me amarrou mais apertado do que já tinham feito, mas não reclamei. Ele recuou de costas, sem perder a mira, cobrindo a Jô enquanto ela pegava o balde cheio de xixi. Ela saiu do quarto sem berrar boa-noite em resposta ao boa-noite que eu não tive ânimo de desejar.

No escuro, pensei. He-man até podia não ser um terrorista árabe, mas ainda assim existiam milhares de maneiras de as coisas darem errado para mim. O negro atarracado e forte de olhar vidrado podia me matar apenas pelo barato da coisa. Eu podia ser baleado pela polícia brasileira quando ela viesse me resgatar. Eu podia engasgar com um pedaço duro de carne de boi cozida. Não tinha nada de bom para pensar, não queria pensar. O sono se aproximou de novo. Talvez eu sonhasse. Mas se sonhei, não me lembrei de novo.

Eu acordei assustado. Tiros lá fora. Muitos tiros. Uns mais próximos. Outros mais distantes. Fiquei animado com a possibilidade de a polícia brasileira ter chegado para me resgatar, mas também fiquei preocupado com a possibilidade de a polícia brasileira ter chegado para me resgatar. Eu podia não saber o que era o Saara, podia não assistir ao Osama bin Laden nos programas de humor da TV local, mas sabia da fama da polícia brasileira. Fiquei nervoso e comecei a contar os tiros como se eles fossem carneiros, na esperança de voltar a cair no sono. Um tiro da arma que fazia um ruído profundo. Cinco da arma que estalava feito um chicote. Mais um da arma que parecia um canhão. Doze da arma que soava como uma serra elétrica. Ou seriam treze? Perdi as contas, eram muitos tiros. Eu conhecia bem a aparência das armas de tanto olhar as revistas do papai, mas não tinha muita idéia do barulho que elas faziam quando atiravam. O canhão seria o Sig Sauer? O chicote seria a Uzi? A serra seria o AR-15? Ou seria tudo o contrário? O canhão do AR-15, a serra da Uzi, o chicote do Sig Sauer? Esta idéia me parecia menos lógica, sei lá por quê. Eu fui adormecendo enquanto pensava essa merda. Eu me acostumei com o tiroteio. A gente se acostuma com tudo.

Jô se materializou diante de mim. Já era a minha segunda manhã aqui. Alguém me desamarrava enquanto Jô estendia um pão dormido com manteiga gelada e um copo de geléia cheio com o leite ralo que se toma no Brasil. Para meu alívio, foi Astroblema e não o negro atarracado e forte que se postou atrás de Jô. Ele usava a mesma jaqueta de nylon verde com que tinha subido a escada do ônibus do liceu e perguntado por mim. A cicatriz na sua face brilhava de suor. Ele não se deu ao trabalho de me apontar a Uzi. Jô estava com os olhos esbugalhados bem vermelhos. Ela fungava de vez em quando. Foi Astroblema quem puxou assunto, com sua voz sempre rouca e seu jeito sempre entusiasmado:

"A chapa esquentou, hein, moleque?"

Eu não entendi. O meu pão estava frio.

"Como assim?"

"Pô, tu não ouviu os pipocos?"

Eu não entendi nada. Eu continuei olhando para o meu pão frio.

"Pipoca?"

"Não, mané. Os pipocos, os tiros!"

Eu era um perfeito idiota para aquela gente.

"Ah, sim, eu ouvi os tiros..."

Então, eu achei que dava para emendar uma pergunta perfeitamente idiota:

"... era a polícia?"

Astroblema riu. Jô apertou o nariz, fungou e riu também.

"Que mané, polícia... Não. O Mato Fechado tentou invadir aqui o Búfalo, mas a gente seguramos o tranco. Quer dizer, tombou um dos nossos, mas a gente queimamos uns três ou quatro deles lá por baixo... Só não sei até quando a gente vai agüentar essa guerra."

Astroblema falou a última frase foi para a Jô. Ela fungou e deu de ombros.

"Morreu alguém daqui?"

"Tou te dizendo, mané, tombou um nosso."

"Quem?"

Jô saiu do silêncio para dar um dos seus berros. Eu dei um pulo na cadeira. Não conseguia me acostumar com os berros da Jô como tinha me acostumado com o tiroteio.

"Você lembra do Buiú?! Ele esteve ontem à noite aqui comigo, aquele mais baixo e fortão! Foi ele quem tombou! Levou só um tiro no pescoço só, aí, um só!"

Buiú. O negro atarracado e forte. Prazer. Adeus. Menos uma chance de as coisas darem errado para mim. Eu nunca tinha conhecido pessoalmente uma pessoa que morreu. Os pais da mamãe já estavam mortos quando nasci. Não conheci pessoalmente vovô e vovó. Mas vi as suas fotos. Vovô era um negro magro de bigode fino. Ele parecia estar sempre sorrindo, eternamente de pé num terno branco no porta-retratos de uma sala de estar lá de casa. Vovó estava sentada, do lado dele. Ela usava um vestido florido e estava sempre muito séria. Vovô morreu primeiro. De tuberculose. Vovó morreu logo depois. De tristeza, segundo a mamãe. Vovô se chamava Sidmar. Vovó se chamava Tereza. Uma negra chamada Tereza. Eu conhecia essa música, sim, mas vovô Sidmar era Vasco. *Grandpa* George era Yankees. Ele e *grandma* Liz continuavam vivos e bem, lá no Brooklyn.

Buiú. Bem, eu tinha conhecido pessoalmente o Buiú e ele tinha morrido. Eu não sabia era que ele se chamava Buiú quando estava vivo aqui no quarto do barraco, com os olhos vidrados e o AR-15 engatilhado. Eu não tinha gostado do Buiú. Tinha medo que ele me matasse tipo assim, por nada, mas ele também não precisava morrer. Bastava sumir de vista. Ele agora tinha sumido da minha vista e da vista de todo mundo para sempre. Ele não seria mais visto por ninguém.

A não ser nas fotos das salas de estar ou em lembranças ou sonhos. Eu não era religioso nem acreditava em fantasmas e tinha apenas 13 anos. Talvez a namorada do Buiú sonhasse com ele de vez em quando. Se ele tivesse namorada, claro. Pensei se aquele Buiú do sonho dela seria o mesmo Buiú da vida. Ele falaria no sonho coisas que o Buiú falaria na vida com aquele olhar vidrado? Falaria até eu te amo com aquele olhar vidrado dele? Falaria eu te amo para quem? Para a Jô? Ela estava com os olhos vermelhos, não estava? Fiquei com essa desconfiança, de Jô e Buiú serem namorados. Eu inventei uma pergunta para mudar o rumo do pensamento:

"Como se chamava o Buiú?"

Jô e Astroblema se entreolharam.

"Buiú, ué!"

Nesta hora, He-man entrou no quarto quase correndo. Ele segurava o seu Sig Sauer como se ainda estivesse no combate da madrugada. Atrás vieram dois outros negros magrelos que eu nunca tinha visto sem máscaras. Um deles carregava uma escopeta engatilhada. Bela arma, não pude deixar de notar. Ela me lembrava uma que eu tinha visto na capa de um disco do Ice-T. Ou seria do Ice Cube? Com certeza não era do Vanilla Ice. O outro negro magrelo que entrou no quarto com o He-man levava um FAL pendurado no ombro. Os dois tinham o mesmo olhar vidrado do falecido Buiú. Os três seriam irmãos? Os dois seriam os próximos a tombar? Eu seria o próximo a tombar? He-man andou de um lado para outro no quarto, tenso, como se pensasse mesmo nessa última possibilidade. Jô e Astroblema ficaram silenciosos, como se também pensassem nisso.

He-man afinal sentou-se na cadeira sempre mantida vazia em frente à minha em respeito ao chefe. A sua respiração continuava ofegante. Ele suava um bocado. Os olhos azuis pareciam ter dobrado de tamanho durante a noite. Até as espinhas pareciam mais inflamadas. Eu senti medo. Jô arrancou o copo de geléia quase vazio da minha mão e saiu do quarto com pressa. He-man continuou ofegando e me encarando com seus olhos azuis arregalados, o Sig Sauer a postos. Eu notei que os dois negros magrelos sem nome também me encaravam com os olhos vidrados. Lembrei de uma piada meio sem graça. O Brasil é o único lugar do mundo onde traficante cheira e puta goza. Tem uma terceira coisa maluca na piada, mas não lembrei o que é essa terceira coisa.

Eu senti o coração disparar no peito, achei que tinha chegado a minha hora. Então era isso. O pão dormido com a manteiga gelada e o copo de geléia cheio de leite ralo tinham sido a minha última refeição. Olhei para baixo. Olhar para baixo era uma coisa bastante comum para alguém da minha altura, mesmo quando eu estava sentado. Senti uma grande tristeza por mim mesmo, tanta que não tive vergonha de choramingar.

"Eu não quero morrer."

A minha maldita voz veio fina e tornou a minha frase ainda mais patética. Eu não soube se foi ela ou se foi o jeito dela que tirou He-man da viagem dele.

"Você soube do Buiú?"

Eu fiz que sim com a cabeça.

"Merda, Maicon, merda."

Eu levantei a cabeça ao ouvir o meu nome. Estava pronunciado errado, mas era o meu nome ali naquela vida paralela. Não senti hostilidade no tom da voz de He-man. Ela estava quase emotiva perto dos nossos outros encontros. Talvez ainda não fosse a minha hora. Bateu outra vez a esperança no meu coração. Balancei a cabeça, compreensivo.

"Foi foda, Maicon. O Mato Fechado atacou de frente, com confiança, mandando ver, pegando pesado, com tudo o que eles têm, o que não é pouco. Eles devem ter algum X-9 infiltrado aqui no Búfalo. Ah, se eu descubro quem é este filho-da-puta..."

O quarto ficou ainda mais silencioso.

"Mas nós não somos bobos, claro, e estávamos na espera deles, como em todas as últimas madrugadas. A nossa galera na escadaria tinha armado uma antiaérea e respondeu varrendo de baixo para cima, tá ligado? Dois deles tombaram lá no meio da Itapiru mesmo. Um freguês lá da rua me disse hoje que um dos caras quase foi cortado ao meio pela .50. Ah, eu queria ter visto isso... Ficamos um tempão trocando tiros pela escadaria. Pá-pá-pá, pou-pou-pou. Nem eles voltavam para o morro deles nem nós recuamos pra cima do nosso. Então, cara, eles se dividiram e uns quinze pularam o muro do ferro-velho para tentar subir a pirambeira que vem dar no terreirão de baixo e nos pegar de surpresa. Mas o Buiú estava bem ali, atrás de uma árvore, na tocaia, sangue bom. Pá-pá-pá, pou-pou-pou. Os caras pularam o muro de volta, mas o Buiú tomou um tiro no pescoço. Tombou ali, esguichando sangue no ritmo do coração, até ele parar. Coisa de filme. Eu não vi, estava mais em cima, mas o Acácio aí viu. Foi foda assim, né, irmão? O Acácio estava lá também e ainda estourou um com a escopeta. Foi foda, Maicon, mas nós agüentamos."

Eu não sabia o que era X-9, Itapiru, pirambeira, terreirão e tocaia, mas entendi tudo e perguntei, numa voz baixa que saiu grossa:

"Quando vai ser o enterro do Buiú?"

"Já foi. A gente não ia dar esse mole pro pessoal do Mato Fechado e pra PM de fazer enterro direito, com atestado de óbito e coisa e tal, lá embaixo, no Catumbi. Ele não tinha nem documento nem família nem mina mesmo. Do pó viemos para o pó voltaremos, não é isso? Nós, então... Trouxemos o corpo aqui para cima e enterramos aí fora nesse terreirão, perto da mata. Ele deve ter gostado, o moleque irado, vai com Deus."

Eu duvidava que Buiú tivesse gostado ou não tivesse gostado de algo. Mas achei macabro pensar que o cadáver estava ali fora, naquele tal terreirão, perto de mim. Não que eu acreditasse em mortos-vivos ou em fantasmas, mas já me bastava ter conhecido pessoalmente alguém que morreu. Eu não precisava correr o risco de tropeçar no seu corpo enterrado às pressas. Por outro lado, apreciei a informação de que ele não tinha mina, namorada. Se ele não tinha namorada, Jô estava apenas chorando por um amigo. Ou por outra coisa qualquer. Perguntei outra coisa qualquer, mas a minha voz saiu fina:

"E agora?"

"E agora, Maicon, a gente precisa mais que nunca de você."

Eu me senti quase parte da turma ao ouvir esta frase, como se fôssemos um time e o técnico me tirasse do banco de reservas faltando 17 segundos para resolver uma partida decisiva. He-man disse aquilo e tirou o celular de uma marca chinesa bem de dentro da bermuda de jeans preto. Aquele celular estava guardado perto do pau suado dele, não pude deixar de pensar, mas eu não estava em condições de sentir nojo de ninguém. Eu estava sujo, mijado e esporrado havia dois dias. Peguei o celular e aguardei ordens.

"Liga para casa."

"E falo o quê?"

"Fala que você está bem e pergunta pelo dinheiro. Duzentos mil dólares trocados. Pede pressa. E fala rápido, mané."

Eu digitei o número de casa. Mamãe atendeu. Eu falei, forçando a voz grossa:

"*Hi, mom, it's me, I wanna talk to...*"

O tapa daquela vez acertou a direita da minha testa. Deixei cair o celular, balancei na cadeira como um pino de boliche, mas não caí. Eu apenas gemi, quase num falsete:

"Eu sou uma criança..."

O segundo tapa me acertou no mesmo lugar. Foi leve, quase carinhoso, tapa de pai. Eu não dizia que era uma criança, imbecil? Então, eu merecia apanhar até daquele pigmeu branco de cabelo louro escorrido, daquele subnutrido com um terço do meu tamanho.

"Em português!"

He-man não era mesmo americano. O negro magrelo com o FAL a tiracolo pegou o celular da marca chinesa do chão e estendeu de volta para mim quase com delicadeza. O gesto foi tão surpreendente que me escapou um *thank you* pelo qual não levei nenhum tapa. Peguei o celular. Lá em casa, a mamãe ainda berrava histérica. Eu não era religioso como ela, mas naquela hora rezei para a minha voz engrossar e eu parecer um pequeno homem:

"Mamãe. Mamãe. Mamãe... Escuta, por favor. Não foi nada. O celular caiu da minha mão. Eu estou bem. Eu quero falar com o papai, por favor."

Minha prece deu resultado. Meu tom de voz aparentemente tranqüilizou um pouco mamãe. Papai devia estar do lado dela. Logo ouvi sua voz de barítono dizendo *hello*.

"Papai, sou eu. Vou falar em português, para o pessoal aqui entender tudo também e ficar calmo. Sim, eu estou bem, eu não fui ferido. Eles estão me tratando bem. Mas eles estão cobrando aqueles 200 mil dólares trocados para me libertar."

Lá em casa, papai reclamou que ninguém tinha dito que o resgate era para ser pago em dólares. Eu transmiti a reclamação de papai a He-man. Ele deu de ombros. Papai reclamou que aquela nova informação complicava ainda mais as coisas, que não era fácil assim conseguir tantos dólares no Brasil, que as autoridades iriam ter de autorizar o câmbio, algo assim. Transmiti tudo isso ao He-man e ainda repeti o essencial:

"Isso complica as coisas."

He-man se enfureceu:

"Complica é o caralho! Tá pensando que eu sou otário? Eu vejo TV, porra. Difícil de conseguir dólar no Brasil, era o que me faltava... A gente te mata, hein? Te mata. Diz isso pra ele. E desliga logo essa merda aí, quer que nos rastreiem?!"

Eu mantive o sangue frio.

"Papai, se você não conseguir, eles me matam. Eu te amo também, papai. *Bye.*"

He-man arrancou o celular da marca chinesa da minha mão, se levantou da cadeira e esticou o nariz na minha direção.

"Porra, moleque, tu tá fedendo pra caralho!"

Era incrível que ele ainda tivesse narinas para sentir algum fedor, mas eu estava mesmo fedendo pra caralho. He-man gritou por Jô. Ela apareceu na porta do quarto enxugando as mãos num pano de prato, os olhos ainda mais esbugalhados do que o habitual, os olhos vermelhos como eu nunca tinha visto. Ele ordenou:

"Vai lá e pega uma muda de roupa minha pro Maicon. Este terno aqui está fedendo pra caralho. Depois, queima."

A última instrução foi dada já da porta. Acácio e o negro magrelo com o FAL desapareceram atrás de He-man. Astroblema ficou em silêncio. Ele não me amarrou, nem me apontou a Uzi. Ficou ali, pensando. Eu também fiquei quieto, pensando. Acho que sabia no que pensava o Astroblema. Na minha, na dele, na do Buiú, na de todos, mais cedo ou mais tarde. Acho que sabia no que o Astroblema estava pensando porque estava pensando o mesmo. A gente não tem vontade de falar quando pensa na morte, porque a morte é o próprio silêncio. Menos quando Miles está tocando. Então, o silêncio vira outra coisa.

O nosso silêncio foi interrompido quando Jô reapareceu, cheia de barulho e de vida. Ela trouxe uma camiseta estampada com a cara desbotada de um político, uma sigla começada por P e cinco algarismos. Trouxe uma bermuda preta comprida de tecido, cheia de bolsos, daquelas que batem na canela. Não trouxe nenhuma cueca. Eu examinei o conjunto. Não tive esperança de a camiseta e a bermuda caberem bem em mim. Ela berrou:

"Troca logo de roupa que eu quero queimar logo este terno aí!"

Eu hesitei. Não queria ficar de cueca na frente dos dois, apesar de no outro dia ter desejado que a Jô limpasse a minha sujeira. Astroblema reforçou o pedido de Jô com o cano curto da Uzi e a voz rouca de sempre, que daquela vez soou desanimada:

"Troca, vai."

Eu me levantei. Astroblema deu um passo atrás. Jô deu um passo atrás. Tirei o paletó grená, a gravata preta, a camisa branca. Eles não tiraram os olhos de mim. Eu me sentei. Tirei os sapatos pretos, as meias brancas, a calça comprida grená. Fiquei de cueca. Cruzei as pernas para que eles não vissem a dupla mancha do lado esquerdo.

"Tira tudo, vai!"

Até Astroblema olhou com espanto para Jô. Não era apenas o volume, mas o tom do pedido. Eu tinha visto em

DVD um filme inglês no qual um bando de desempregados fora de forma decidia ganhar a vida tirando a roupa para as mulheres da cidade deles. Era para ser uma comédia, mas achei bastante triste. O tom da Jô parecia o tom da platéia dos caras.

"Tira tudo, vai!"

Ah, é? Então eu me levantei de novo. A dupla mancha se fez bem visível à esquerda da minha cueca azul. Astroblema continuou com a Uzi apontada para mim, mas virou os olhos na direção das tábuas na janela. Lá fora, havia um sol forte. Desci a cueca pelas pernas. O fedor subiu até meu nariz. Jô não tirou os olhos do meu pau. Comecei a gostar daquela situação. Até então, a única mulher que tinha me visto nu na vida tinha sido mamãe. Ao menos eu achava isso. Eu não me lembrava de quando era bebê, claro. Era bem possível que outras mulheres tivessem me visto nu quando eu era bebê. *Grandma*, provavelmente. Mas isso não contava, contava? Eu era um bebê. E a mamãe sempre foi a mamãe. Jô era a primeira mulher de verdade que me via nu. Ela era feia como a necessidade, mas parecia estar gostando daquele momento tanto quanto eu. Por isso, o meu pau estava meio duro quando comecei a me espremer para dentro da bermuda preta. Como ela tinha um elástico na cintura, consegui entrar nela. Mas tive de ajeitar as bolas para que elas não ficassem apertadas demais. Não houve jeito para o comprimento. A bermuda comprida do He-man mal chegava na metade das minhas coxas. Jô continuava com os olhos fixos no volume dentro da bermuda preta justa. Continuei gostando daquela sensação que eu nunca tinha experimentado. Fiquei até arrependido de nunca ter trocado de roupa, casualmente, na frente da Dorô. Eu vesti a camiseta com a cara desbotada do político, que ficou apertada e curta também. Ao menos eu devia parecer mais forte e ainda mais alto dentro daquelas roupas do He-man. Além do mais, elas estavam limpas, cheiravam bem, como cheiram as roupas que secam diretamente ao sol. Eu é que continuava fedendo um pouco porque não tomava banho havia dois dias.

Jô pegou a pilha de roupas sujas aos meus pés. Ela examinou a dupla mancha na minha cueca, bem direta, para eu ver. Também vi as suas narinas se abrindo, farejando. Ela deu meia-volta, exibindo o traseiro enorme, monstruoso. Deu uma segunda meia-volta, abaixou-se e pegou também os meus sapatos. Ela deve ter notado que eu olhava o traseiro aleijado dela. Depois que ela saiu rebolando, Astroblema mandou eu me sentar com o cano curto da Uzi, deu a volta e me amarrou de novo na cadeira. Ele saiu batendo a porta.

De vez em quando eu escutava os chuveiros batendo no telhado do barraco, mas as nuvens logo passavam. Eu me distraí assim até a hora do almoço. Não pensei merda. Enquanto comia mais um prato de feijão com arroz, mas desta vez acompanhados por uma coxa magra de frango, eu examinei a negra de pele clara parada em silêncio na minha frente. Faz diferença se a primeira mulher de verdade que olha para o pau da gente é bonita ou feia? Eu preferia ter revelado o meu pau para a outra Jô, a Jolene. Mas será que ela reagiria da maneira certa? E qual era a maneira certa? Tapar os olhos? Não tirar os olhos do pau e depois ainda cheirar a cueca? Nós tínhamos apenas 13 anos, não sabíamos.

"Qual a sua idade, Jô?"

"A minha?!"

Fiz que sim com a cabeça, enquanto tentava arrancar mais um fiapo de carne do osso da coxa de frango. O negro magrelo no casaco de moletom vermelho que tinha vindo com ela se intrometeu na nossa conversa sacudindo o cano do AR-15 na minha cara:

"Qualé, moleque? Que parada de papinho é essa aí, hein? Cala a boca!"

Jô olhou com uma expressão atrevida para ele e me respondeu:

"Dezesseis!"

Continuei comendo em silêncio. Havia menos trânsito na rua que passava embaixo da favela do que no dia anterior e ainda menos do que no dia em que me trouxeram para cá. Subitamente, me lembrei que era domingo. Ficamos os três ali, quietos, ouvindo os pingos de chuva caindo sobre nossas cabeças, nas telhas do barraco. Eu gostava de domingos chuvosos. De vez em quando nós também ouvíamos uns fogos de artifício. Era uma das maneiras que os bandidos do Rio de Janeiro tinham para avisar aos outros bandidos que a polícia estava chegando. Ou isso ou uma pipa bem alta sobre o morro. Quando ouvimos fogos mais uma vez, eu olhei para a Jô. Ela entendeu a minha pergunta silenciosa.

"Futebol!"

Soccer, a febre endêmica local. Eu tinha acabado de aprender o que era uma febre endêmica na aula de Geografia. Febre endêmica é quando a doença nunca desaparece de uma determinada região. O Terceiro Mundo é cheio de doenças endêmicas, algumas muito perigosas, até mortais. Aqui na terra de mamãe, o *soccer* nunca passava. Qual era a graça? Um jogo que pode terminar empatado? Um jogo onde a bola pode ficar parada quase o tempo inteiro enquanto o cronômetro segue correndo? Um jogo que tem apenas um intervalo para se ir ao banheiro? Jô leria os meus pensamentos? Ela berrou:

"Faz o favor de mijar ali no balde antes de ser amarrado!"

Eu me levantei vagarosamente para não assustar o negro magrelo e nervoso com o AR-15 apontado para o meu peito. Um outro negro magrelo desconhecido botou a cabeça na porta quando ouviu o movimento da cadeira se movendo para trás dentro do quarto. Então era assim. Um dentro e outro fora. Essa informação poderia ser valiosa na hora em que o papai e a polícia brasileira viessem me resgatar. Se bem que se um desses negros magrelos estivesse dentro do quarto com uma arma apontada para o meu peito... Eu não estaria mais vivo para ver a chegada da Sétima de Cavalaria. Quando o socorro chegasse, era melhor eu estar só. Se o socorro chegasse. Eu fiz xixi e percebi que a merda estava bem ali, mas eu ainda não estava pronto para fazer na frente dos outros. O negro magrelo e nervoso me amarrou na cadeira. Jô pegou o balde e sumiu. A barriga quente me deu aquela sensação boa. O barulho da chuva também. Eu logo caí no sono. Era o que eu podia fazer.

Eu estou no banheiro lá de casa, que ao mesmo tempo é e não é o banheiro lá de casa, porque tudo é igual, a privada, a pia, a janela basculante que dá na área comum, tudo é igual, menos a banheira enorme, que parece uma piscina coberta, revestida com os mesmos azulejos brancos, e então eu noto que mamãe está do meu lado, como quando eu era menor e ela aprontava o meu banho, tomando cuidado para a água não ficar nem fria nem quente demais, felizmente eu estou vestido agora, mas a gente nota que o ralo da banheira enorme está começando a borbulhar e, quando a gente se aproxima para ver melhor, começa a sair cocô de dentro dele, não param de sair uns troços gigantescos, inteiros, aos pedaços, como se alguém tivesse dado uma descarga ao contrário, e a gente não sabe como parar aquela inundação de merda que ameaça a casa.

Eu acordei no susto, mas desta vez estava só e já era noite além das tábuas de madeira pregadas na única janela do quarto. Também não havia nenhuma luz passando por baixo da porta. Mesmo assim, fiquei esperando a Jô abrir a porta trazendo mais um prato de arroz e feijão, com a outra coxa magra daquele frango, mas ela não veio. Eu comecei a pensar em comida. Tinha aprendido a gostar de arroz e feijão ainda antes de vir para o Brasil. Mas lá na América era difícil arrumar o feijão preto brasileiro e era a mamãe que cozinhava com aquele feijão marrom mexicano. Ela dizia que era uma cozinheira de mão cheia, mas nunca entendi direito o que isso queria dizer. Sabia apenas que ela cozinhava muito bem. O papai concordava comigo. Mamãe dizia que se pega um homem pela barriga, mas também nunca entendi direito o que isso queria dizer. Naquela noite, eu teria adorado comer feijão marrom mexicano com arroz feito pela mamãe. Teria gostado de comer até feijão preto brasileiro com arroz feito pela Jô. Melhor mesmo talvez fosse pedir uma pizza. Afinal, era domingo. Será que eles pediam pizza aqui em cima do morro? E a pizzaria entregava? Peperone. Eu queria uma de peperone. Bem apimentada. O queijo bem derretido. Não era muito legal pensar em comida enquanto a fome crescia e a Jô não aparecia para me alimentar. Mas as outras opções eram pensar na merda ou na morte. Mamãe dizia que pensar na morte podia atrair a morte. Papai achava que isso era uma grande merda. A comida não veio.

Os tiros começaram mais ou menos ao mesmo tempo em que eu perdi as esperanças de jantar. Pá-pá, pou-pou, como diria o He-man. Nunca chegou a ser pá-pá-pá, pou-pou-pou, como na noite anterior, mas fiquei tenso. Quem estaria atirando? Quem estaria morrendo? Eu desejei que ninguém que eu conhecesse pessoalmente morresse. Nem He-man, nem Astroblema, nem Jô, claro, nem mesmo o negro magrelo e nervoso com o casaco de moletom vermelho com capuz. Eu já tinha conhecido o Buiú. Uma pessoa da nossa própria idade morta era mais do que suficiente para se conhecer quando se tem 13 anos. Mas quantos anos teria o Buiú? Talvez tivesse 16, como a Jô. Quantos anos teria o He-man? Se o Buiú tivesse 13 anos, ele teria morrido cedo demais, não teria? Mas a gente tem uma idade certa para morrer? Mamãe achava que sim, dizia que tudo estava escrito em algum lugar. Papai achava que isso era uma grande merda. Eu acho que era isso mesmo. Porque mamãe não podia acreditar que pensar na morte atraía a morte e ao mesmo tempo acreditar que já estava tudo escrito em algum lugar. Não faria diferença, então, pensar na morte. Isso era uma contradição da mamãe. Eu aprendi o que era contradição na aula de Inglês quando ainda tinha 11 anos. Sem querer, eu tinha voltado a pensar na morte.

Eu mal consegui dormir pensando merda e escutando os tiros. Pá-pá, pou-pou. Mamãe dizia também que, quando morria, a maior parte das pessoas ia para o céu. Mas não era o céu dos astronautas. Era outro céu. Não era necessário usar roupa de astronauta nem tanque de oxigênio. Pá-pá, pou-pou. Mamãe nunca conseguiu me explicar se era preciso usar algum tipo de roupa. Não podia ficar todo mundo nu no céu, podia? Era muita pouca-vergonha. Mas como era então, a gente levava a própria roupa? Qual? Era a roupa que a gente usava na hora em que morria? E se a gente morria nu? Ficava nu pela eternidade? Quem fornecia as batas brancas que a gente via nos filmes? Por que batas brancas e não batas pretas? Pá-pá, pou-pou. Mamãe dizia que eu fazia perguntas demais. Talvez ela tivesse razão nisso. Pá-pá, pou-pou. E quem ia parar no inferno?

Eu tive a impressão de sonhar que estava sentado, amarrado, sujo, usando umas roupas apertadas que não eram minhas, num barraco escuro, ouvindo tiros. Por isso, demorei a entender se aquele He-man que apareceu sentado na minha frente era de sonho ou de verdade. Ele segurava um celular de uma marca americana numa mão, o Sig Sauer na outra, e tremia. Estendi a mão para pegar o celular. Ele não me deu, mas falou:

"Eu acabei de conversar com a porra do teu pai."

He-man parou para me encarar por alguns segundos. Eu olhei para baixo.

"Ele precisa entender que não estamos brincando, porra. Nós vamos te matar se a grana não pintar, porra. Duzentos mil dólares trocados na mão. Nós vamos te matar, crioulo! Vamos te matar e mandar a tua cabeça pelo correio para ele. Você vai ver."

He-man parou para pensar no que tinha dito. Eu jamais poderia ver a minha própria cabeça chegando pelo correio para o papai. Era um paradoxo, eu também tinha aprendido isso na aula de Inglês. Uma cabeça até poderia continuar a enxergar por alguns segundos depois de ser separada do corpo. Era por isso que os carrascos levantavam a cabeça recém-cortada e viravam na direção do pescoço que esguichava sangue na guilhotina. Li isso num livro sobre a Revolução Francesa, mas nunca tinha entendido direito como alguém poderia ter certeza de que uma cabeça cortada continuava a enxergar por alguns segundos. Alguém tinha entrevistado uma cabeça cortada para saber se ela viu alguma coisa? Alguém tinha se oferecido para ser guilhotinado em nome da ciência e gritado ei, eu enxergo!? Sempre achei que isso não fazia lá muito sentido. Mas, afinal, o que fazia sentido?

He-man voltou a me xingar e a agitar o Sig Sauer no ar, mas não me bateu como antes. Paus e pedras quebram ossos, mas palavras não podem... Recitei em silêncio.

"Seu crioulo seboso. Se acha grandes merdas só porque é americano?!"

Então percebi os quatro negros magrelos atrás dele. Eles eram bem reais, mas era engraçado estarem ali porque He-man não teve medo de eles se ofenderem ao me chamar de crioulo. Isso daria processo lá na América porque ele não era negro. Se fosse negro como eu, poderia chamar um negro de crioulo, como os rappers negros fazem. Nenhum dos quatro negros magrelos esboçou qualquer reação. Demorei a identificar um deles como o Astroblema, apesar da cicatriz. O rosto dele era raiva pura. Acho que queria imitar o chefe. Um dos outros negros magrelos vestia uma camisa de futebol listrada em roxo e amarelo e apontava um AK-47 para o meu rosto. Era o primeiro AK-47 que eu via ali. Voltei a ter medo de estar na mão de um grupo terrorista islâmico. Entrei em pânico e choraminguei:

"Eu sou uma criança... Eu não quero morrer, He-man."

Eu botei a crioula de joelho
Se jeba fosse microfone, ela tinha cantado
"He-man, bater nele tá muito é do errado!
Tamo na merda, mas a culpa não é do pentelho!"
E ela disse que só terminava o boquete
Se eu é que me ajoelhasse pro pivete
Buceta não cai do céu
Subi pro cativeiro, feito um cavalheiro
Pedir desculpa pro guri, ô meu
Não, não, eu não sou paulista
É que o rap lá é mais inteiro que aqui no Rio de Janeiro
Sampa está cheia de mano, tá ligado?
Por isso eu falo assim, meio italianado
Tenho camisa oficial do Curíntiã
Pra marcar posição, porque aqui o funk é que é o tchã
Mas rap, mano, rap não se ensina
E o meu negócio é ritmo, poesia e cocaína

Eu não sou Beastie Boy, eu não sou Eminem
Eu não sou herói, mas eu sou o He-man

O mané se borrou quando me viu
Repetiu que era uma criança
E não queria morrer, blá-blá-blá
Pode crer, mano, na confiança
Expliquei tudo, sem maldade
Mas da missa ele não entendeu a metade
O gringo virou uma batata quente
Só que a culpa também não é da gente
Bom cabrito não berra
Quem não entra no esquema se ferra
O tenente vendia o lote por 200 pau
Tinha fuzil, tinha bala pra AR e AK
Tinha bazuca, granada e coisa e tal
Coisa que a PM pega lá e vende cá
Ou o contrário. Que diferença faz pro otário?
Com nós sem grana, o Mato levava o arsenal
"Pois é, a Dorô te conhecia, tu se deu mal"

Eu não sou Beastie Boy, eu não sou Eminem
Eu não sou herói, mas eu sou o He-man

"Hoje a gente tá aqui, amanhã não tá mais
Não adianta chorar, tem é que correr atrás
A gente tem prazo, tu é soldado raso
Bucha de canhão na guerra com os alemão
Teu pai diz que a grana vai demorar
Culpa de um rolo que ele não pode contar
Qualé, pra cima de muá?!
Aí eu disse que lá no duplex
Ele ia receber tua cabeça por sedex
Tu chorou e eu meti a mão na tua cara"
O papo reto deixou o refém tranqüilo

Voltei pro barraco, pra terminar aquilo
Mas a Jô duvidou da minha palavra
Foi quando ameacei jantar a Elisângela
Ganhei merenda porque dei duro na crioula
Depois do boquete, comi-lhe o fusquete
Meti o pau inteiro, em riste, até ficar triste

Eu não sou Beastie Boy, eu não sou Eminem
Eu não sou herói, mas eu sou o He-man

Alegria de pobre não pode durar
Pão cai com a manteiga pra baixo
Raio cai duas vezes no mesmo lugar
Urubu de cima caga no urubu de baixo
Tem horas em que nem cafungar me anima
Se não fossem as mina, eu queria era distância
Parava até de errar as concordância
Só pra bancar o paulista
Porque em Sampa é tudo irmão
Tudo mano da mesma facção
Aqui os preto se come
Enquanto os home
Lucram com a situação
A minha alegria durou pouco
Achava que tava na boa, mas tava louco
Quanto maior o rabo, maior a cagada
E a merda fedeu ainda de madrugada

Eu não sou Beastie Boy, eu não sou Eminem
Eu não sou herói, mas eu sou o He-man

O Astroblema mostrou o jornal, mó brabeira
Na primeira página da segunda-feira
Ele tava mascarado, casaco verde de náilon
No dia do seqüestro do Maicon
Foto tirada por uma japa vadia
O destino quis que a lambisgóia
Fosse parar numa delegacia
Porque um velho de Nagóia
Morreu de noite, de facada
Em Ipanema, na calçada
Os nisseis foram tudo pro Posto 6
Onde o plantão descobriu por acaso
A excursão tinha ido ao Corcovado
No dia do americano seqüestrado
E o flagrante então foi publicado
Pra crescer o olho dos X-9
Imagina, mano, só se canivete chove

Eu não sou Beastie Boy, eu não sou Eminem
Eu não sou herói, mas eu sou o He-man

Eu conheço bem o meu Rio
Onde tem piranha, jacaré nada de costa
Mas não, eu não faria uma aposta
Porque se apertassem o Saara
A gente quebrava a cara
O Bandido Mascarado
Enfeitiçou toda a cidade
Virou até celebridade
Se arrependimento matasse...
Mas voltar a fita eu não ia poder
Eu era feliz e não sabia, brother

Tava sinistra a perspectiva
Mas a gente continuava na ativa
Tocando terror pro pai chamado Tomás
"Vê se não bota os home
Na pista do teu filhinho
Senão o couro come e ele some"

Eu não sou Beastie Boy, eu não sou Eminem
Eu não sou herói, mas eu sou o He-man

Pra piorar, o consulado também viu a foto
E mandou pra embaixada em Brasília
A embaixada mandou pra Uóxinton
Bin Laden tinha seqüestrado Maicon
Crioulo, certo, mas cidadão americano
Aí avisaram todo mundo, pra não ter engano
"Pára, pára tudo, pára o papo com bandido"
Porque os Estados Unidos
Podem estar bem fudidos
Mas não negociam com terrorista
E assim na terça chegou a notícia
Dada a gravidade da caganeira
Bush pra ajudar a polícia brasileira
Mandou o FBI
Se Deus era pai
E Cristo morreu na cruz
Quem era eu pra bancar o avestruz?

Eu não sou Beastie Boy, eu não sou Eminem
Eu não sou herói, mas eu sou o He-man

Até He-man desafina
Não pensei nas mina, só na sina
Eu quis largar essa espelunca
Mas do pau não corro nunca
Avisei pro pessoal se preparar
Porque a caralha ia voar
Sem resgate na mão
Tava todo mundo no chão
Só que o seqüestro virou roubada
A gente tinha de dar uma repensada
Tremendo mato sem cachorro
A PM vendia pro outro morro
A Civil cheirando o nosso cu
E ainda tinha o FBI
Seis agente furibundo
Me diz aí, mano, como é que se sai
Da encruzilhada sem passar pro outro mundo?

Eu não sou Beastie Boy, eu não sou Eminem
Eu não sou herói, mas eu sou o He-man

Então, de repente, me deu a louca
Bobagem é besteira pouca
Morte ao galinho dos ovo de ouro
Convoquei a tropa, peguei o machado
Pra fatiar o garoto e dar pro jacaré
Porque eu sou gangsta, gangsta
Sou branco, mas tenho atitude
Sou gangsta, gangsta
Sou branco, não tenho negritude
Não era o final na minha mente
Viesse Civil e tenente

FBI e Mato Fechado, foda-se
Eu não ia mais segurar essa pica
Porque eu sou gangsta, gangsta
Sou branco, mas tenho atitude
Sou gangsta, gangsta
Não vou sair daqui num ataúde

Eu não sou Beastie Boy, eu não sou Eminem
Eu não sou herói, mas eu sou o He-man

Mas mudei de idéia de novo
Não sou assim ignorante
Deixar o galinho pôr os ovo
Era a esperança aqui pro traficante
A cabeça dele ia continuar em cima dos ombro
A tropa me olhou com grande assombro
Achou que eu tava muito sem noção
Quando comuniquei a nova diretriz
O Maicon foi salvo por um triz
E eu fui em frente pra anunciar a salvação
Só que de repente, na vida é tudo muito de repente
Mudei de idéia de novo e disse ao meu povo
Eu ia fazer uma puta besteira
Se não me livrasse logo daquela sujeira
Dei a contra-ordem da contra-ordem
Porque errar é pior do que não se desdizer
Não tinha jeito, o Maicon tinha mais é que morrer

Eu não sou Beastie Boy, eu não sou Eminem
Eu não sou herói, mas eu sou o He-man

Ninguém entendeu merda nenhuma
Também ninguém deu nem um pio
O Astroblema até entrou numa
De puxar meu saco e de falar macio
Disse que tava comigo 100%
“Chefe, deixa que eu arrebento!”
Foi quando Maicon deu um salto
“Sou uma criança e só tenho 13 anos de idade!”
Mas eu berrei ainda mais alto
“E daí, eu tenho 17, qual é o prazo de validade?”
Ele começou a gemer em inglês, o viado
Eu bati nele com vontade, tá ligado?
Então, mano, no meio dos gemido
Entendi uma frase
E saquei o pivete
Ou quase
“I wanna play my trumpet!”

Eu não sou Beastie Boy, eu não sou Eminem
Eu não sou herói, mas eu sou o He-man

Mandei a porra do pivete
Repetir a rima do trompete
Em português, em português
Preu não poder me enganar
Ele se queixou que sem praticar
A sua técnica perigava desandar
O Acácio já descia o machado
Mas deu tempo de gritar
“Pára tudo! Cuidado!”
A lâmina congelou no ar
Quando fosse homem

Maicon queria ser jazzman
Antes, porém,
De viver do trompete
Ele queria jogar basquete
Basquete de responsa, na NBA
Foi aí, mano, foi aí que eu fraquejei

Eu não sou Beastie Boy, eu não sou Eminem
Eu não sou herói, mas eu sou o He-man

Eu cancelei a execução
Ali não ia mais morrer ninguém, não
Fiquei sozinho com o besta
Porque tirei o dele da reta
E pra ser homem de verdade é preciso gratidão
"Vamulá, Maicon, sem treta
Vamos conversar sobre essa parada do pistão"
Ele me contou que desde a infância
Escutava jazz com a maior freqüência
Porque o pai escutava jazz por causa do avô que escutava jazz por causa do bisavô
Bisavô que escutava jazz por causa do trisavô, tocava blues o trisavô
Então, ele tocava trompete desde os 10
Prum dia poder viver do jazz
Mas começou a crescer tanto, tanto
A música podia ficar pra depois, sem pranto
Mandar bem no basquete
Ia bancar o diploma de trompete

Eu não sou Beastie Boy, eu não sou Eminem
Eu não sou herói, mas eu sou o He-man

Em troca, ofereci a minha história
Dessa vida, eu queria escapatória
Também queria fazer música
Essa ia ser minha vitória
Porque eu nunca conheci traficante avô
Virar número estatístico, não vou
Trocar de nome artístico, eu vou
Sumir He-man, voltar MC JB
"Ah, moleque, um dia você vai ver...
João Batista é meu nome quase completo
Na lista dos mais procurados
Dos padroeiros dos viciados
De santo nada tenho, mas vou mostrar empenho
Pra triunfar na outra vida porque esta aqui já deu desgaste
Vou fazer o câmbio e separar um pedaço do teu resgate
Pra recomeçar na outra ponta da Via Dutra
Vou me virar mais que neguinho no Cama Sutra..."

Eu não sou Beastie Boy, eu não sou Eminem
Eu não sou herói, mas eu sou o He-man

João Batista não é nome só de santo
Também é de cemitério
Daí esse mistério
Do meu sobrenome
Lá em casa ninguém nunca passou fome
Ninguém nunca foi vítima de violência
Por isso eu nunca tive paciência
Pra bandido vítima da sociedade
Eu ainda tenho família noutra cidade
Meu pai tem um sítio, ao lado fica o do tio
Mais além, um primo-irmão tem o seu sítio

Os três vendem ervas finas pra restaurante de rico
Essas coisas, mano, que não são pro nosso bico
Pensando bem, eu já devia ter notado
Vendo erva fina pra grã-fino e pé-rapado
Eu prossegui no ofício
Eu sou o democrata do vício

Eu não sou Beastie Boy, eu não sou Eminem
Eu não sou herói, mas eu sou o He-man

Vim pro Rio completar os estudo
Não tava agüentando o tranco
Trampo de dia, escola de noite
Um colega sugeriu um pó branco
Pra alertar a cabeça na aula
Cheirei, gostei, me meti na jaula
Trabalhava só pras narina
Mas pela primeira vez pegava as mina
Larguei o grupo com a Oitava só
Ouvindo isso, o moleque teve dó
Foda-se Mato Fechado, PM, Civil, FBI
O bem de um papo não há quem faça
A gente divide a nossa desgraça
A gente tinha futuro, mas não aqui
A gente tinha futuro, mas não agora
Amarrei o neguinho e fui-me embora
Chamei os negões e dei uma ordem da hora

Eu não sou Beastie Boy, eu não sou Eminem
Eu não sou herói, mas eu sou o He-man

Na tarde seguinte, não senti firmeza
Quando dei de presente aquela beleza
"Qual o problema, ô crioulo pernóstico?"
O Maicon ficou com medo mas deu o diagnóstico
"Isso não é trompete, é saxofone..."
Caralho, despachei Acácio e Cara-de-Fome
Pra roubar o cara que toca na estação
Ele gritou pega ladrão
Tremendo alvoroço
Era a hora do almoço
Mas os mano deram um jeito
Malocaram o instrumento na barraca de um sujeito
Outro preto forro aqui do morro
Mas quando o Maicon deu seu veredicto
Eu virei pros meus conscrito
E encenei direitinho o meu esquete
"Eu não disse que essa porra não era trompete?"

Eu não sou Beastie Boy, eu não sou Eminem
Eu não sou herói, mas eu sou o He-man

Despachei de imediato FX e Pé-de-Pato
Dois neguinho mais inteligente
Pegar o fim do expediente
Numa loja bacana da Carioca
Pra não haver outra troca
E dar no pé rapidinho, vazar
Antes da janta o Maicon voltou a praticar
Tá ligado? Eu via o lado do refém
Mas o pai Tomás não via o meu também
Não liberava a grana, o muquirana
Dizia que a culpa era dos Estados Unido

Enquanto isso, o tenente PM, o bandido
Mandava recado perguntando se eu tinha amarelado
E a Polícia Civil, deu no RJTV,
Ao trompetista seqüestrado, procê ver
Ligou os roubos na Carioca
É, mano, a fundura do cu é o tamanho da piroca

Eu não sou Beastie Boy, eu não sou Eminem
Eu não sou herói, mas eu sou o He-man

Fui comer em pé na cozinha
Carla Cristina, a ninfetinha
O pai dela na sala, olho preso na TV
Porque gemedeira atrás da cortininha
O bom cabrito também não escuta
E eu sou bem filho-da-puta
Consumado o ato, limpei o pau no pano de prato
Peguei uma cerveja e fui pro lado do sogrão
Ver uma parada maneira
Final de primeiro tempo de Flamengo e Palmeira
Já te falei que sou Sport Clube Corinthians Paulista?
Foi de um Tigre paraguaio
O gol dos flamenguista
De tiro, mano, de tiro eu não caio
Vou ganhar muito dinheiro e me pirulitar
Joguei no tigre, mas tava era com a macaca
Ser MC lá em Sampa ia ser meu gol de placa

Eu não sou Beastie Boy, eu não sou Eminem
Eu não sou herói, mas eu sou o He-man

Com o dia raiado
Eu ainda tava acordado
Sozinho no terreirão de cima
Fumando um baseado
Sentindo o clima
Pensando na vida, pensando na morte
Sinceridade, mano, não sabia se tinha a sorte
Ou seria capaz de fazer o que tinha de ser feito
Com aquele pobre rapaz
Esse, aliás, é meu defeito
Eu penso muito demais
Fiquei buscando um rumo
Continuei queimando fumo
Desconfiado até da minha sombra
Afinal foi chegando aquela lombra
Lá embaixo, as sirenes faziam a ronda
E na cabeça eu tinha uma mesa-redonda

Eu não sou Beastie Boy, eu não sou Eminem
Eu não sou herói, mas eu sou o He-man

Sonhei um barato estranho
Eu olhava o moleque tomar banho
A gente tava sozinho num banheiro
No meu sonho, saca como é sonho?
Eu manjava o forasteiro
Eu manjava o pau medonho
Ensaboado debaixo do chuveiro
Aquela vara, aquele troço balançante
Apontando devagar pro teto
Preto meio cinza, tipo tromba de elefante
Eu não queria, mano, mas não tinha jeito

De tirar o olho daquele tronco escuro
E quando acordei
Eu também tava de pau duro
Só que eu não sou gay
Se pudesse meter chumbo no sonho, eu metia
Onde já se viu, porra, sonhar tamanha putaria?

Eu não sou D2, mas também tiro onda
Zoou comigo, vai parar no microonda

Lavei o rosto e fui assumir
Quer dizer, fui reassumir o posto
Dar ordem lá embaixo na boca
Macho não vira assim bicha louca
A vida prosseguia, mas faltava freguesia
Guerra de facção não aumenta demanda
Cerco de polícia queima o filme
Nada disso é propaganda
Nada disso nos redime
No beco, o Astroblema dava esporro
Em dois manés que fizeram um ganho
Num cidadão do próprio morro
Isso não pode nem em sonho
A gente tem que manter a ordem
Senão esses pés-rapados nos fodem
Tiram toda a nossa moral
Nós somos polícia, promotor e tribunal

Eu não sou D2, mas também tiro onda
Zoou comigo, vai parar no microonda

Tanto lero-lero encheu o saco
Entrei no beco mudo, de lá saí calado
Subi de novo pra inspecionar o buraco
De longe, ouvi um bicho esganiçado
Tocar trompete é difícil pra caralho
E na *Aquarela* o Maicon tava falho
Eu disse logo isso e me respondeu o chorumela
"Mas isso não é *Aquarela do Brasil*, é *Caravan*!"
Eu insisti, é *Aquarela*
Ele tornou, é *Caravan*
Ele *Caravan*, eu *Aquarela*
Eu *Aquarela*, ele *Caravan*
Ficamos ali, duas crianças na querela
Cada uma puxando a brasa pra sua sardinha
Ficamos ali, duas crianças na guerrinha
Pra provar quem tinha razão
Até que eu lhe dei-lhe mais um socão

Eu não sou D2, mas também tiro onda
Zoou comigo, vai parar no microonda

Maicon não chorou, só respirou fundo
Um soco também não é o fim do mundo
Ele me contou a história de *Caravan*
De Duque Elintão, o bambambã
Com João Tição, o trombonista
De sua famosa orquestra de jazz
Cheia de grande artista
Duque já tocava *Caravan* em 37
O braço a torcer eu não dei, algumas coisas eu sei
E contei pra ele a história da *Aquarela*
Samba-exaltação pra terra verde-e-amarela

Escrito pra passar tempo durante uma tempestade
Por Ary Barroso, grande músico, verdadeira majestade
Pra virar o segundo hino do meu Brasil, brasileiro
"Não tente me enganar, ô seu mulato inzoneiro
Todo mundo sabe que a música é de 39
Dessa posição, gringo, tu não me remove"

Eu não sou D2, mas também tiro onda
Zoou comigo, vai parar no microonda

Maicon fugiu do confronto
Era meio bobo pro tamanho
Mas também não era tonto
Ele sugeriu um troço esperto
Pra desempatar o lance
Era só ver no computador
Quem tinha sido o vencedor
Eu disse que não, não tinha a menor chance
Computador no morro é só malandro que apanhou
Aqui não tem lanraus, aqui não tem Gugou
Ele tava pensando o quê?
Era só pedir preu atender?
Mas de tanto encher meu saco, mano
Ele conseguiu me convencer
Mandei pegar um paulistano
E fazer outro ganho lá no aeroporto
Duque Elintão eu não engulo nem morto

Eu não sou D2, mas também tiro onda
Zoou comigo, vai parar no microonda

Deixei o desafinado praticar
Dei um tempo no seu dengo
E passei a mão no celular
Liguei lá pro Flamengo
A notícia não era boa
A grana ainda bloqueada
O FBI não tava ali à toa
E pelo pai Tomás mandava perguntar
Qual era a jogada?
Onde a gente ia atacar?
Não adiantou porra nenhuma argumentar
A máscara de Osama não tinha nada a ver
O mundo queria mais é ver eu me fuder
O círculo fechava em torno de nós
O círculo fechava atrás de mim
É, mano, aquele nosso caso não tinha solução
E confesso que eu tava com o meu cu na mão

Eu não sou D2, mas também tiro onda
Zoou comigo, vai parar no microonda

Dia mal amanhecido
Apresentamos com orgulho
Pro mal-agradecido
Pegar a pasta com o bagulho
Abrir o léptopi, material do bom
Diretamente do Santos Dumont
Ele batucou no teclado
Não tava mal-intencionado
Numa de tirar onda, de passar a mão na bunda
Dessa porrada de negão e de um branco magricela
Ele só queria uma conexão pra pesquisar

E aí, *Caravan* ou *Aquarela*?
O que nasceu primeiro, 39 ou 37?
Ele tentou um tempo e disse shit
Sem conexão, não tem internet
E a pergunta dele cortou nosso coração, uai
"Aqui em cima não tem rede uaifai?"

Eu não sou D2, mas também tiro onda
Zoou comigo, vai parar no microonda

Cambada de malandro otário
Aquilo nem era horário
Pra já se estar de pé
Mas eu tinha botado fé
Eu era quase um santo
Assim não causa espanto
O roubo da *Aquarela*
Nessa terra de dengue e de febre amarela
O americano chega e leva o que a gente tem
Veja o triste caso do nosso Jorge Ben
O americano roubou *Taj Mahal*
Pra depois só pedir desculpa
"Aí, caboclo, foi mal..."
Tê-tê-tê-tê-rê-tê, tê-tê-tê-tê-rê-tê
Tê-tê-tê-tê-rê-tê é o cacete
O gringo deu a grana pra educação dos pobre
Só que pobre não aprende, mano, fazer o quê?

Eu não sou D2, mas também tiro onda
Zoou comigo, vai parar no microonda

Com raiva de tanta burrice
Eu chutei o saco do americano
Pra que não pudesse ter engano
Sobre quem manda nessa imundice
Ele disse que o Rod Stewart era inglês
Pra me segurar, precisou de uns três
"Se eu fosse burro, tava na vala!
Agora eu vou queimar esse mala..."
Ia mesmo largar o dedo no alemão
Quando sei lá de onde
A Jô se jogou na minha frente
Tava meio blonde
Esquisita, diferente
Na minha intenção, vacilei porque pensei
"Tá parecendo crioula americana, hey
Se fosse bonita de rosto, tava sacudindo o cu
Eu até aposto, em clipe da 2 Live Crew"

Eu não sou D2, mas também tiro onda
Zoou comigo, vai parar no microonda

Diante de todo mundo
A negona me pagou geral
Aquele tipão quimbundo
Berrando feito um animal
"Tu vai matar a galinha dos ovo de ouro!"
Macho tem que saber a hora de retroceder
Ela tava cheia de razão e de pêlo louro
O esperto percebeu a tensão alta
Disse que conexão não fazia falta
O léptopi tinha palavra, ia servir de socorro
Pra contar a história dele aqui no morro

E que depois de escrever the end
Que é fim pras pessoa que entende
Vendia os direito pro cinema
Eu aí disse pro Astroblema
Pra acabar com a histeria
"E o papai aqui vai ganhar bilheteria!"

Eu não sou D2, mas também tiro onda
Zoou comigo, vai parar no microonda

Aquele papo não fazia sentido
A situação tava surreal total
O puto engrenou o terceiro pedido
E eu nem sou o gênio do mal
Depois de trompete e computador
Não, ele não ia pedir meu cagador
Nem minha estrovenga
Mas recomeçou a lenga-lenga
Não sabia há quanto tempo, o pobre-diabo
Não tomava banho, não limpava o próprio rabo
Lembrei do sonho ruim, do pauzão durim
Não, mano, eu não hesitei
Porque eu não sou gay, eu não sou gay
Concedi o desejo pro encrenqueiro
Ir lavar a rola lá no chuveiro
Mas com ele foi Já-é e Cara-de-Fome
Porque eu sou é home, muito home

Eu não sou D2, mas também tiro onda
Zoou comigo, vai parar no microonda

Pra não cair em tentação
Arrastei logo a Jô pela mão
Arrastei a minha mulata
Levei pra longe da mata
Pra fora do barraco
Pra longe do buraco
Pra baixo, pra dar um esculacho
Tia Irene tava lá dentro, chiando do peito
Mas quando quero, não presto, não tem jeito
De tara, não dá pra fugir
Crioula loura, eu nunca comi
Abaixei a Beyoncé dos pobres na saleta
Botei pra mamar na minha chapeleta
Se lhe parece familiar é porque familiar é
Mas minha saga não admite marcha a ré
Meu rap tem end bem onde começou
No bocão da Jô, no bocão da Jô

III

EU CANTO EM PORTUGUÊS ERRADO. ACHO QUE O IMPERFEITO NÃO PARTICIPA DO PASSADO. TROCO AS PESSOAS. TROCO OS PRONOMES. EU VOU TE DIZER UMA COISA PRA VOCÊ, NA MORAL: NÃO ENTENDO DIREITO O QUE ESSE TROÇO QUER DIZER, LARGUEI A ESCOLA CEDO. SÓ ENTENDO A PARTE DE CANTAR EM PORTUGUÊS ERRADO, PORQUE EU FALO EM PORTUGUÊS ERRADO MESMO, MAS ACHEI TUDO BONITO DESDE QUE OUVI A MÚSICA NO RÁDIO PELA PRIMEIRA VEZ. ELA É DAQUELE SUJEITO DE ÓCULOS QUE MORREU DE AIDS QUANDO EU AINDA ERA CRIANÇA E NÃO ME PREOCUPAVA COM NADA. AQUELA MÚSICA EM QUE ELE FALA QUE GOSTA DE MENINOS E MENINAS. EU NÃO. EU SÓ GOSTO DE MENINOS SÓ. MAS EU GOSTO É MUITO. PRECISO ATÉ SEGURAR A MINHA ONDA, PORQUE AGORA SOU MULHER DO HE-MAN. EU, A ELISÂNGELA E A CARLA CRISTINA. AO MENOS NÓS, NÉ? COM HOMEM NUNCA SE SABE. ELE PODE SE METER EM QUALQUER BURACO, AINDA MAIS SENDO DONO DO MORRO. MAS EU NÃO RECLAMO. NO MÁXIMO, TOCO UMA SIRIRICA

ESCONDIDA, PENSANDO NOUTRA PESSOA. PORQUE DAR DE VERDADE PRA ESSA OUTRA PESSOA IA SER A MESMA COISA QUE DENUNCIAR A PESSOA COMO X-9 DA PM. MORTE CERTA PRA ELE. TALVEZ ATÉ PRA MIM. ENTÃO, MEU QUERIDO, EU FICO NA MÃO. E EU NÃO RECLAMO NÃO.

LEMBREI DE UMA PARADA ENGRAÇADA AGORA. EU VOU TE CONTAR PRA VOCÊ. A GISLAINE, MINHA COLEGA LOURA, INVENTOU UMA VERSÃO DE SACANAGEM DE UM PAGODE AÍ. ELA É LOURA MAS É ESPERTA. DEVE SER PORQUE É LOURA DE FARMÁCIA. NA HORA EM QUE O CARA DO GRUPO DIZ ASSIM, MEIO CHORANDO, ESTOU FAZENDO AMOR COM OUTRA PESSOA, ELA DIZ ASSIM ESTOU FAZENDO AMOR COM OITO PESSOAS. A GENTE BATIZOU ESSA VERSÃO DA GISLAINE DE MELÔ DA SURUBA. EU NUNCA FIZ SURUBA. NÃO É POR FALTA DE VONTADE NÃO. A MINHA IRMÃ JÁ FEZ JÁ. E ELA AINDA ERA PAGA PRA ISSO, A SORTUDA. ELA ME DISSE QUE NA PRIMEIRA VEZ ACHOU ESTRANHO ESTAR COM UM PAU NA FRENTE, UM PAU ATRÁS, CHUPAR OUTRA XOTA E TER O PEITO CHUPADO POR UMA COLEGA LÁ DELA. NÃO CONSEGUIU NEM SE INTERESSAR PELA FODA. FICOU COM MEDO DE TER DE REPARTIR A GRANA COMBINADA COM AS OUTRAS QUATRO COLEGA DA CASA DE MASSAGEM. EM VEZ DE TREZENTOS PRA CADA, TREZENTOS DIVIDIDO POR CINCO. QUANTO É QUE IA DAR? MENOS QUE CEM, NÉ? EU LARGUEI A ESCOLA CEDO. NO FINAL DA FUDELANÇA DEU TUDO CERTO. CADA UMA LEVOU OS TREZENTOS COMBINADO. SABE COMO É, NÉ? O TRABALHO ERA POR FORA. QUER DIZER, ERA POR DENTRO TAMBÉM. E POR FORA DE NOVO.

O HE-MAN DIZ QUE EU SOU ENGRAÇADA, QUE EU FAÇO ELE RIR, ALÉM DE TER A MAIOR E MELHOR BUNDA DAQUI DO BÚFALO. ELE DIZ QUE SER ENGRAÇADA É SINAL DE INTELIGÊNCIA. ELE FOI BEM MAIS LONGE NA ESCOLA QUE EU, É CABEÇUDO, MAS APOSTO QUE ELE DIZ ISSO PRA QUALQUER CACHORRA, DIZ ISSO PRA ELISÂNGELA E PRA CARLA CRISTINA TAMBÉM. HOMEM DIZ QUALQUER PORRA NA HORA DE SE LIVRAR DO PESO DO QUEIJO ENTRE AS PERNAS. POR ISSO, EU NÃO ACREDITO NO HE-MAN. NÃO ACREDITO NA PARTE DA INTELIGÊNCIA. PORQUE NA PARTE DA BUNDA EU ACREDITO PORQUE EU TENHO ESPELHO E ME AGARANTO. AINDA ESTÁ PRA NASCER RABIOLA DO TAMANHO DA MINHA NÃO SÓ AQUI NO MORRO COMO EM TODO RIO COMPRIDO. MAS NÃO BASTA SÓ TER O PANDEIRÃO SÓ, NÃO, TEM QUE SABER TOCAR. APRENDI ISSO COM A MINHA IRMÃ QUANDO EU AINDA ERA VIRGEM.

A FLÔ É QUASE DEZ ANOS MAIS VELHA QUE EU. ELA SE DEU BEM NA VIDA. SE DEUS QUISER, UM DIA EU VOU ME DAR BEM QUE NEM QUE ELA. A FLÔ PEGOU UMA BARRIGA NA PRIMEIRA TREPADA. ELA TINHA TREZE ANOS, QUE NEM O NOSSO MENINO MALUQUINHO AQUI. O PAI DA CRIANÇA, UM TAL DE CATAVENTO, DEU LINHA NA PIPA E SUMIU DO MORRO ASSIM QUE SOUBE DA GRAVIDEZ DA MINHA IRMÃ. LÁ EM CASA A BARRA PESOU. EU NÃO ME LEMBRO, CLARO, EU ERA PIRRALHA DEMAIS, MAS A MÃE CONTOU PRA NÓS. PORRA, A POBRE DA DONA IRENE NÃO TINHA COMO ALIMENTAR A FLÔ, EU, O ANÍSIO, O ANDREZINHO MAIS O BEBEZINHO DA FLÔ COM A MIXARIA DA PENSÃO POR INVALIDEZ DO INSS. A MÃE

TEM UMA TOSSE BRABA, SABE? O PEITO GUINCHA E O CACETE. TAMBÉM... ELA FUMOU QUE NEM UMA CHAMINÉ DESDE OS OITO ANOS. AOS TRINTA E TRÊS, IDADE DE CRISTO, A MÃE QUASE MORREU. FICOU MAIS DE MÊS INTERNADA EM TENDA DE OXIGÊNIO LÁ NO HUMAITÁ. ELA SE APOSENTOU ALI MESMO, NOVA. MAS EU TOU ME PERDENDO. EU TE DISSE PRA TU QUE NÃO SOU MUITO INTELIGENTE, NÃO DISSE? QUANDO A FLÔ PEGOU A BARRIGA, ENTÃO O QUE ACONTECEU? A FLÔ DISSE PRA VELHA TIPO ASSIM OLHA, MÃE, COMIGO E COM O MEU CHIQUINHO, É, O NOME DO GAROTO FICOU FRANCISCO, NÃO SABE? ELA DISSE ASSIM VOCÊ NÃO SE PREOCUPE COM A GENTE, MÃE. A FLÔ SÓ PEDIU PRA MÃE FICAR DE OLHO NO GAROTO À NOITE, DURANTE UNS TEMPOS, SABE, ATÉ ELA GANHAR UNS TROCADOS E PODER MONTAR O PRÓPRIO BARRACO. A MÃE LOGO DESCONFIOU COMO É QUE A FLÔ IA GANHAR A GRANA. O QUE ELA TINHA PRA VENDER ALÉM DA BUCETA? MAS A MÃE NÃO RECLAMOU NÃO, SÓ OROU PELA FILHA. A FLÔ IA GANHAR DINHEIRO VENDENDO O QUE ERA DELA. VENDENDO, NÃO. ALUGANDO, NÉ? DEPOIS, LAVOU, TÁ NOVO. É, EU ACHO QUE EU SOU MEIO ENGRAÇADA MESMO. ENGRAÇADA SIM, ESPERTA NÃO.

POIS É, QUERIDO, COM TREZE ANOS, O PEITINHO AINDA CRESCENDO, MAS JÁ ARROMBADA E COM UMA BOQUINHA FOFINHA PRA ALIMENTAR, A MINHA IRMÃ FOI BATER PERNA NO CALÇADÃO DE COPACABANA. PUTA CORAGEM. CLARO, ELA SE DEU BEM MAL NO COMEÇO. LOGO APARECEU UM CAFETÃO PRA COMER ELA DE GRAÇA E AINDA FICAR COM PARTE DA GRANA QUE ERA PRO LEITE DO CHIQUINHO. DE VEZ

EM QUANDO ELE ATÉ BATIA NELA, MAS PROTEGIA ELA DOS OUTROS CAFETÃO, DAS PIRANHAS MAIS VELHAS E ATÉ DA POLÍCIA. MULHER SEMPRE PRECISA DE HOMEM PRA FICAR NA BOA. O HE-MAN ME PROTEGE E NEM ME BATE. POR ISSO, EU NEM RECLAMO QUANDO ELE VAI COMER A ELISÂNGELA OU A CARLA CRISTINA. QUER DIZER, EU NÃO RECLAMO MUITO. SE NÃO RECLAMASSE NADA, ELE IA ME ACHAR ACOMODADA E IA ME DAR UM PÉ NA BUNDA. AÍ, MEU BEM, JÁ ERA. O QUE NÃO FALTA POR AQUI É SIRIGAITA QUERENDO SER MULHER DO DONO DO MORRO. ÀS VEZES PINTA ATÉ UMAS PATRICINHA DA ZONA SUL, PELE BOA, QUERENDO TREPAR COM O HE-MAN EM TROCA DE PÓ. POR ISSO, EU TENHO SORTE. NÃO TENHO ASSIM A SORTE GRANDE DA FLÔ, CERTO, MAS TAMBÉM NÃO POSSO RECLAMAR DE DEUS. QUANTA GAROTINHA AÍ Ó, QUANTA GAROTINHA ATÉ MAIS BONITA DE ROSTO QUE EU TEM QUE FAZER A PERERECA PARAR DE COÇAR COM QUALQUER PÉ-RAPADO QUE NÃO PROTEGE ELA NEM DO MOSQUITO DA DENGUE? POIS É.

O HE-MAN ME COME DIREITO, NÃO ME BATE, ME DÁ UMA MESADA PRAS ROUPA E NÃO SE IMPORTA SE EU VOU SOZINHA NO BAILE FUNK. O NEGÓCIO DELE É RAP, SABE? E AQUI NO MORRO FUNK E RAP NÃO SE BICAM. É CADA UM PRA UM LADO. CLARO, NÃO SOU OTÁRIA, NÃO VOU CUSPIR NO PRATO EM QUE ELE ME COME. VOU SOZINHA PRO BAILE, MAS NÃO FICO DANDO MOLE PRA OUTRO HOMEM. NEM NENHUM OUTRO HOMEM QUE SAIBA DE QUEM EU SOU VAI DAR EM CIMA DE MIM. EU VOU NO BAILE COM AS MINHAS COLEGAS. A GENTE FICAMOS DANÇANDO ENTRE A GENTE, FAZENDO TRENZINHO E DESCENDO

O POPOZÃO ATÉ O CHÃO, FAZENDO CARA DE SAFADA. NÃO É MUITO DIFÍCIL PRA GENTE FAZER CARA DE SAFADA, SABE? OS HOMENS FICA TUDO DOIDO. ELES GOSTAM DE FICAR EM VOLTA, VENDO A GENTE. ACHO QUE ELES SÃO CHEGADO NUMA SAPATÃO. SÓ QUE NÓS NÃO É SAPATÃO NÃO. SÓ TIRA UMA ONDA DE SAPATÃO, TIPO LÉBISCA CHIQUE. UM POUQUINHO. OS HOMENS FICA TÃO DOIDO QUE, UMA VEZ, UM CARA DE OUTRO MORRO QUE É NÓS CHEGOU A BOTAR O PAU PRA FORA E TOCAR PUNHETA OLHANDO PRA GENTE. O TEMPO FECHOU. O ASTROBLEMA É QUE TAVA NO COMANDO DA QUADRA PORQUE O HE-MAN NÃO PASSA NEM PERTO NÃO. ENTÃO O ASTROBLEMA MANDOU PARAR O SOM, JUNTOU A GALERA E DEU UM SACODE NO TARADÃO. O BÚFALO É UM MORRO FAMÍLIA, ELE DISSE. SEI... QUEM COME A MÃE, COME A FILHA. O CARA FOI CORRIDO DO BÚFALO, MAS COMO ELE ERA NÓS TAMBÉM AO MENOS AINDA TINHA PAU. DE QUE SERVE HOMEM SE NÃO TIVER PAU?

DESCULPA, EU TAVA TE CONTANDO A HISTÓRIA DA MINHA IRMÃ SORTUDA. ELA BATALHOU CINCO ANOS NO CALÇADÃO. CARREIRA SOLO. QUER DIZER, TINHA O TUCÃO, NÉ, O CAFETÃO DELA, MAS ELA LOGO SE ACOSTUMOU COM ELE. ELA TRABALHAVA TANTO QUE ELE PAROU DE BATER NELA E ARRUMOU UMA QUITINETE NA BARATA RIBEIRO PRA ELA E PRO CHIQUINHO. ALIÁS, A FLÔ TRABALHAVA TANTO QUE EM POUCO TEMPO ELA ESTAVA MANDANDO UM DINHEIRO BOM PRA MÃE E PRA GENTE. EU E MAIS MEUS IRMÃO ATÉ ESTAVA NA ESCOLA NESSA ÉPOCA. UM DIA, ENTÃO, O TUCÃO TOMOU UMA FACADA NO MEIO DOS PEITO DE OUTRO CAFETÃO, NUMA DISCUS-

SÃO POR CAUSA DE OUTRA MENINA. ELE SANGROU QUE NEM UM PORCO. SEM PROTEÇÃO, A FLÔ PODIA TER DE RECOMEÇAR TUDO DE NOVO, IMAGINA? OUTRO CAFETÃO, MAIS PORRADA, SABE COMO É... MAS EU JÁ TE DISSE PRA VOCÊ, AQUELA MENINA TEM UMA PUTA SORTE. O TUCÃO BATEU AS BOTAS QUANDO ELA ESTAVA QUASE COMPLETANDO DEZOITO E IA VIRAR DE MAIOR. ENTÃO, A FLÔ USOU UNS CONTATOS. PUTA TEM SEMPRE MUITO CONTATO, SABE? E AÍ, POR CAUSA DOS CONTATO, ELA FOI TRABALHAR NUMA CASA DE MASSAGEM PRA BACANA LÁ EM IPANEMA. A CASA ENTRAVA COM A CLIENTELA SELECIONADA, O QUARTINHO, A SEGURANÇA E UM DRINQUEZINHO DE GRÁTIS QUE NINGUÉM É DE FERRO. A FLÔ TINHA ATÉ FOLGA SEMANAL. ELA ENTRAVA SÓ COM A BUCETA SÓ. JUSTO, MUITO JUSTO, JUSTÍSSIMO. QUER DIZER, NÃO A BUCETA, QUE A PARADINHA ESBEIÇA COM O USO. E BOTA USO NISSO... A FLÔ ERA MUITO REQUISITADA. PUTA FUDEDORA. E TEVE O CHIQUINHO DE PARTO NATURAL. ENTÃO, Ó, TREMENDO BUCETÃO. É, EU SOU MEIO ENGRAÇADA, SIM.

MAS A HISTÓRIA DA SORTE DA FLÔ NÃO ACABOU AÍ NÃO. ELA ESTAVA NA CASA DE MASSAGEM TINHA UM TEMPINHO. JÁ TINHA ATÉ ROLADO JÁ AQUELA HISTÓRIA DA PRIMEIRA SURUBA, QUE ELA ME CONTOU QUANDO EU MAL SABIA O QUE ERA PIROCA. DEPOIS TINHA TIDO OUTRAS SURUBAS, PROGRAMA POR DENTRO E PROGRAMA POR FORA DA CASA, MAS A FLÔ FOI SE ACOSTUMANDO COM AQUELE MONTE DE GENTE FUDENDO ELA AO MESMO TEMPO DE TUDO QUE É JEITO. OLHA, TENHO ATÉ A CISMA DE QUE ELA NA VERDADE PASSOU A GOSTAR

DE COLAR UM VELCRO... PORQUE QUANDO ELA VINHA NO MORRO PRA MOSTRAR O CHIQUINHO PRA MÃE, ELA ME FALAVA MUITO MAIS DAS COLEGAS COM QUEM TINHA TRANSADO DO QUE DOS CLIENTES DA CASA. FULANA TINHA UM PEITÃO ASSIM E SICRANA TINHA UM GRELÃO ASSADO. E DAÍ, NÉ? ELA NÃO TAVA DANDO NADA DO QUE ERA MEU. PELO CONTRÁRIO ATÉ, ELA TAVA ME DANDO UM POUCO DO QUE ERA DELA. SE EU, O ANÍSIO E O ANDREZINHO AINDA ESTAVA TUDO NA ESCOLA, TUDO ATRASADO MAS ESTAVA, ERA GRAÇAS A ELA, FLORÊNCIA DOS SANTOS, PUTA SIM SENHOR.

MAS ISSO NÃO DUROU MUITO NÃO. NÃO POR CAUSA DA FLÔ, COITADA, QUE NUNCA DEIXAVA DE NOS AJUDAR. MAS É QUE O ANÍSIO MORREU NUM TIROTEIO NA PORTA DA ESCOLA DELE. MEU IRMÃO NÃO FAZIA NADA DE ERRADO. NÃO BEBIA, NÃO FUMAVA, NÃO CHEIRAVA. NEM JOGAR BOLA ELE JOGAVA PRA GANHAR UMA GRANINHA DE AUXILIAR DE PEDREIRO. SEMPRE TEM SERVIÇO PRA PEDREIRO NO MORRO. SABE COMO É, MUITO BARRACO PRA SUBIR, MUITA LAJE PRA BATER. ACHO ATÉ QUE MEU IRMÃO TAVA VIRANDO MEIO CRENTE QUE NEM A MÃE E DANDO DÍZIMO PRA UMA IGREJA. SÓ QUE DEUS NÃO AJUDOU PORRA NENHUMA E BOTOU ELE NO LUGAR ERRADO NA HORA ERRADA. A PM CHEGOU ATIRANDO PRA ASSUSTAR O MALANDRO QUE VENDIA BAGULHO NA SAÍDA DA AULA. E UMA BALA ACERTOU O ANÍSIO NO MEIO DA TESTA. FICOU TÃO JUSTINHA QUE MAL DAVA PRA VER O SANGUE NAS BEIRADAS DAQUELE BURACO PRETO, CONTOU A MÃE DEPOIS DE LIBERAR O CORPO LÁ NO INSTITUTO. ISSO DOEU MUITO NA GENTE. E

DOEU DEMAIS NA MANHÃ SEGUINTE. NÓS ESTAVA NO VELÓRIO, ALI EMBAIXO, NO CATUMBI, NÓS NÃO DEVIA NADA A NINGUÉM. AÍ APARECEU ALGUÉM COM UM JORNAL. DIZIA QUE MEU IRMÃO ATIROU NA PATAMO NA PORTA DA ESCOLA ESTADUAL. VERSÃO DOS HOMEM. FALA SÉRIO! O ANÍSIO ATIRANDO? O COITADO VIVEU LIMPO PRA MORRER SUJO. VOCÊ JÁ DEVE TER OUVIDO MIL HISTÓRIAS IGUAIS A ESSA. EU JÁ OUVI MIL HISTÓRIAS IGUAIS A ESSA. MAS QUANDO ELA ROLA COM A GENTE MESMO, A GENTE SACA QUE TODA DOR É DE VERDADE.

A MORTE DO ANÍSIO DEU UMA DESCARALHADA NA MINHA FAMÍLIA. A MÃE FOI PARAR NO SOUZA AGUIAR DE NOVO. SÓ SAIU DE LÁ PORQUE UMAS COLEGA DELA AQUI DO MORRO ARRUMARAM DE FAZER UMA OPERAÇÃO ESPÍRITA QUE DESENTUPIU LÁ AS VEIAS DOENTES DELA. A MÃE É ASSIM, COMO É QUE SE DIZ, SINTÉTICA, SABE? FAZ UMA FEZINHA EM QUALQUER RELIGIÃO. A FLÔ NÃO ERA SANTA, MAS ERA MUITO LIGADA NO ANÍSIO. A DIFERENÇA ENTRE ELES ERA SÓ DE UM ANO. ELES TINHAM ATÉ O MESMO PAI, QUE TAMBÉM SE CHAMAVA ANÍSIO. E QUE TINHA SUMIDO NA VIDA, FEITO O CATAVENTO, SÓ QUE DEPOIS DA SEGUNDA BARRIGA DA MÃE. O MEU IRMÃO TINHA AJUDADO A TOMAR CONTA DA FLÔ ENQUANTO A MÃE AINDA TRABALHAVA NUMA CASA DE FAMÍLIA LÁ NA USINA. IMAGINA, UM MENININHO TOMANDO CONTA DE UMA BEBEZINHA. POR ISSO A FLÔ ERA MUITO LIGADA NELE. ENTÃO O QUE ACONTECEU? A FLÔ FICOU DOIDINHA COM A MORTE DO ANÍSIO. ELA FICOU NUM ESTADO DEFLORÁVEL. PARECE ATÉ QUE PASSOU UMA SEMANA SEM APARECER

NA CASA DE MASSAGEM. QUASE FOI DEMITIDA PELA DONA. O ANDREZINHO TINHA DOIS ANOS MENOS QUE A FLÔ E SE REVOLTOU COM O ACONTECIDO COM O ANÍSIO. ELE ERA MEU IRMÃO, MAS ERA ESTÚPIDO, AH, DIGO MESMO.

O ANDREZINHO PENSOU ASSIM SE A PM MATOU O ANÍSIO, EU VOU ME JUNTAR AOS INIMIGO DA PM. DAÍ FOI O PRIMEIRO MEMBRO DA FAMÍLIA SANTOS A TRABALHAR PRO MOVIMENTO. PORQUE DO MEU JEITO EU NÃO DEIXO DE TRABALHAR PRO MOVIMENTO, NÉ? FUDENDO. O ANDREZINHO SUBIU RÁPIDO NO ESQUEMA, PASSOU DE OLHEIRO A AVIÃO, DE AVIÃO A SOLDADO, DE SOLDADO A GUARDA-COSTA, DE GUARDA-COSTA A GERENTE DE BOCA. ELE MORREU FEITO HERÓI, AOS VINTE ANOS, A MESMA IDADE DO ANÍSIO QUANDO ELE MORREU. MAS O ANDREZINHO MORREU FOI NUM TIROTEIO COM O MATO FECHADO. MAIOR GALERA DESCEU PRO ENTERRO. FOI ALI QUE COMEÇOU A MINHA HISTÓRIA COM O HE-MAN. QUANDO ELE ME VIU NA CAPELA, ELE VEIO ME DAR UM ABRAÇO. UM ABRAÇO APERTADO. TÃO APERTADO QUE EU SENTI O PAU DELE ENDURECENDO NA MINHA BARRIGA. É, TESÃO É FODA, NÃO RESPEITA NEM CEMITÉRIO.

EU JÁ NÃO ERA MAIS VIRGEM NESSA ÉPOCA, CLARO. TINHA PERDIDO O CABAÇO COM ONZE ANINHOS PRO MANÉ DO CLÉBER, FILHO DA TIA VANDINHA. EU TINHA BEBIDO MUITA CACHAÇA RUIM NA BIROSCA DO VALDEMAR, PAI DO CARA-DE-FOME. O CLÉBER ME PEGOU ENCOSTADA NUMA JAQUEIRA QUE AINDA ESTÁ LÁ ATRÁS DO TERREIRÃO DE CIMA. TODAS AS COLEGAS QUE JÁ TINHAM DADO ANTES ME DI-

ZIAM QUE A PRIMEIRA VEZ DOÍA. DÓI É O CARALHO. EU AO MENOS NÃO SENTI DOR NENHUMA. SENTI FOI UM CALOR BOM SUBINDO DA XANINHA PRA BARRIGA E VOLTANDO DA BARRIGA PRA XANINHA, COMO SE EU ESTIVESSE ME MIJANDO TODA POR DENTRO. EU AINDA ESTAVA PINGANDO LEITE QUANDO DECIDI QUE QUERIA DEMAIS DAQUILO, MAS NÃO COM O CLÉBER. EU TIVE OUTROS NAMORADINHOS, COMO QUALQUER GAROTA DO MORRO. MAS O HE-MAN FOI O MEU PRIMEIRO HOMEM DE VERDADE. HOMEM DE VERDADE É AQUELE QUE NÃO SÓ COME A GENTE, MAS TAMBÉM PAGA AS CONTA.

NESSA ÉPOCA EM QUE O ANDREZINHO MORREU E EU ME ENRABICHEI COM O HE-MAN, A FLÔ JÁ ESTAVA LONGE. EU NÃO TE DISSE PRA VOCÊ QUE ELA TINHA UMA PUTA SORTE? NÃO DEVIA NEM TER ACONTECIDO A MISSA DE UM MÊS DO ANÍSIO AINDA. ELA JÁ TINHA VOLTADO PRA VIDA DELA NA CASA DE MASSAGEM JÁ. FAZER O QUÊ, NÉ? TEM QUE RALAR. UMA NOITE APARECEU UM GRINGO DIFERENTE. BEM, ELA ME DISSE QUE ELE ERA DIFERENTE. COMEU ELA DO MESMO JEITO QUE TODOS OS HOMENS COMEM A GENTE, RÁPIDO, MAS ESSE TAL METEU COM UMA DELICADEZA LÁ DELE QUE ELA ME JUROU QUE NUNCA TEVE DE HOMEM NENHUM, NEM DO TAL DO CATAVENTO. O GRINGO GOZOU E COMEÇOU A PERGUNTAR SOBRE A VIDA DELA ENQUANTO PASSAVA O DEDO EM VOLTA DO BICO DOS PEITO DELA. ELA CONTOU A VIDA PRA ELE, SEM ENTRAR EM DETALHE NEM MANDAR AQUELE CAÔ DA MAMÃEZINHA DOENTE, HISTÓRIA QUE NO CASO DELA ATÉ ERA VERDADE VERDADEIRA, MAS A FLÔ DETESTAVA PAPO DE

PUTA. QUANDO TERMINOU, ELA PEDIU A FORRA AO CLIENTE, PEDIU PRA SABER DA VIDA DELE. A FLÔ TINHA APRENDIDO INGLÊS, ITALIANO E ESPANHOL EM COPACABANA. DIZ QUE A GENTE APRENDE MELHOR UMA NOVA LÍNGUA ENQUANTO É CRIANÇA, NÃO É? ENTÃO A FLÔ TINHA FICADO MUITO BOA DE LÍNGUA. ELA TAVA CONVERSANDO COM ESSE GRINGO EM INGLÊS. MAS SENTIA QUE ELE TINHA UM SOTAQUE DIFERENTE, PUXADO NOS ERRE. ACABOU QUE ESSE HANS ERA SUÍÇO. MAS NÃO SEI POR QUE NÃO FALAVA SUÉCIO. FALAVA ERA ALEMÃO. HOJE EM DIA A FLÔ TAMBÉM FALA ALEMÃO BEM ÀS PAMPAS. BOM, É ISSO QUE ELA DIZ.

VOU RESUMIR A HISTÓRIA PRA TU. O HANS DISSE PRA FLÔ QUE ERA SOLTEIRO E QUE ACHAVA AS MULHER DA SUÍÇA TUDO MUITO FRIA, TUDO MUITO SEM COR OU INTERESSE NA FODA. ELAS ATÉ DAVAM BASTANTE DE GRAÇA, ELE CONTOU PRA ELA, MAS TODO ANO ELE VINHA PASSAR AS FÉRIAS DE INVERNO DELE NO BRASIL PRA PEGAR SOL E TREPAR DE VERDADE. A FLÔ FALOU PRO HANS QUE NENHUMA MULHER NUNCA DÁ DE GRAÇA, FALOU QUE A FATURA SEMPRE É APRESENTADA, NEM SEMPRE EM DINHEIRO VIVO, MAS SEMPRE É. O HANS ACHOU GRAÇA. AS MULHER DA FAMÍLIA SANTOS É ENGRAÇADA. MAS A FLÔ É INTELIGENTE, EU NÃO. ELES FICARAM LÁ, PELADOS, CONVERSANDO. COMO EU SEI DISSO? AS MULHER DA FAMÍLIA SANTOS TAMBÉM É FALADORA. ENTÃO POR ISSO EU SEI QUE O HANS DOBROU O HORÁRIO E COMEU A FLÔ DE NOVO. ELE FOI CARINHOSO DE NOVO, MAS DE NOVO ELA NÃO GOZOU. NA DESPEDIDA, O HANS DISSE QUE IA VOLTAR PRA VER A FLÔ ANTES

DE VOLTAR PRA CASA. ELA RIU E DISSE QUE TODOS DIZIAM A MESMA COISA. SÓ QUE O HANS VOLTOU DE VERDADE, DOIS DIAS DEPOIS. ELA CONTINUOU SEM GOZAR, MAS GOSTOU DELE TER HONRADO A PALAVRA. DESSA SEGUNDA VEZ, ELA CONTOU PRA ELE QUE TINHA O CHIQUINHO. O HANS NÃO SE IMPORTOU NÃO. DISSE PRA ELA QUE IA PEGAR O AVIÃO NO DIA SEGUINTE, MAS QUE EM POUCOS MESES IA VOLTAR PRO RIO PRA BUSCAR A MINHA IRMÃ E O MEU SOBRINHO. ELA RIU E DISSE QUE TODOS DIZIAM A MESMA COISA. SÓ QUE O HANS VOLTOU DE VERDADE, QUATRO MESES DEPOIS. DESSA VEZ, A FLÔ GOZOU.

O HANS ATÉ PEDIU ELA EM CASAMENTO PRA MÃE NUM ALMOÇO QUE ELE PAGOU LÁ NO LA MOLE DA TIJUCA. A FLÔ FICOU MEIO BOLADA, SABE, ACHANDO TUDO RÁPIDO DEMAIS, ACHANDO QUE ELE PODIA SER SÓ MAIS UM TRAFICANTE DE MULHER, QUERENDO MONTAR O PRÓPRIO PUTEIRO LÁ EM ZURIQUE. É, O HANS É DE ZURIQUE. BONITO NOME. ZURIQUE. NO DIA EM QUE EU TIVER UM FILHO DE REPENTE PONHO ZURIQUE DE NOME DELE. ENTÃO A FLÔ ENROLOU O CARA, FICOU DE RESPONDER. ELA CONVERSOU COM UMAS COLEGA AINDA MAIS SAFA QUE ELA. TINHA ATÉ UMA QUE JÁ TINHA CAÍDO NO CONTO DO BOM CASAMENTO NA EUROPA, VIROU ESCRAVA QUASE, MAS CONSEGUIU ESCAPAR DE VOLTA PRO BRASIL. A FLÔ PENSOU NO ASSUNTO A SEMANA TODINHA, PENSOU ATÉ ENQUANTO ESTAVA TRABALHANDO. UM CLIENTE INGLÊS CHEGOU A RECLAMAR QUE ELA TAVA PARECENDO A ESPOSA DELE DE TÃO FRIA! A FLÔ CONCLUIU QUE NÃO TINHA MUITO A PERDER NÃO E QUE, NA SUÍÇA, O

CHIQUINHO COM CERTEZA IA TER MAIS CHANCE DE NÃO MORRER JOVEM COMO O ANÍSIO MORREU, MESMO SENDO PRETO FEITO PICHE. LÁ TEM MUITO NEGUINHO RACISTA. ENTÃO A FLÔ FOI COM O CHIQUINHO E O HANS PRA SUÍÇA. ESTÁ LÁ ATÉ HOJE, DE DONA-DE-CASA. MUITO DE VEZ EM QUANDO, ELA LIGA OU MANDA UM POSTAL LINDO, AS CASINHAS NO ALTO DOS MORRO TUDO COBERTINHA DE NEVE. BEM DIFERENTE DAQUI DO BÚFALO. E O CHIQUINHO, MEU SOBRINHO, JOGA FUTEBOL NO MIRIM DE UM TIME LÁ. TODO TIME QUER TER UM CRIOULINHO BRASILEIRO BOM DE BOLA.

ACABOU QUE EU NÃO RESUMI A HISTÓRIA DA FLÔ E DO HANS PORRA NENHUMA, NÉ? DESCULPA, EU JÁ TE DISSE PRA VOCÊ QUE AS MULHER DA FAMÍLIA SANTOS É MUITO FALADORA. AS PESSOAS TAMBÉM FALA QUE EU FALO DEMAIS. AS PESSOAS FALA QUE EU FALO ALTO, TU ACREDITA? UM DIA O HE-MAN CHEGOU A ME DIZER QUE EU FALO ALTO É PORQUE EU SOU SURDA DE TANTO FICAR PERTO DAS CAIXA DE SOM NOS BAILE FUNK. IMPLICÂNCIA DE NEGO DO FUNK. SURDA É O CARALHO. MAS EU GOSTO DO HE-MAN. ELE MANDA DIREITO NA CAMA, NÃO ME BATE E PAGA MINHAS ROUPA. ELE É PODEROSO. ELE É MEIO ARTISTA. ELE É LOURO DOS OLHO AZUL. CADA UMA TEM O GRINGO QUE PODE. QUERIA EU TER UM GRINGO DE VERDADE, FEITO A FLÔ, PRA ME CHAMAR DE FRAU E ME TIRAR DAQUI. MAS EU GOSTO DO BÚFALO. NÃO SEI NEM SE IA ME ACOSTUMAR A MORAR NUM LUGAR ONDE NEVA E A GENTE TEM QUE FICAR TODA VESTIDA O TEMPO TODO. CLARO, VÊ SE ALGUM LOURINHO BONITINHO IA QUERER LEVAR PRO CASTELO

DELE UMA CRIOULA BURRA DO CABELO DURO, DO NARIZ ACHATADO, BEIÇUDA, ZAROLHA DOS OLHOS QUE NEM EU? SÓ SE FOSSE PRA SER MULHER-GORILA NO CIRCO DE ZURIQUE... EU POSSO SER ENGRAÇADA, EU POSSO TER UM BURRÃO BACANA, MAS EU NÃO SOU NEM TÃO INTELIGENTE NEM TÃO BONITA QUANTO A FLÔ. EU TENHO ESPELHO. MULATA? NÃO, MULATA NÃO É FILHA DE BRANCO E PRETA NÃO. MULATA É PRETA BONITA. EU TENHO A PELE CLARA MAS NÃO SOU MULATA NÃO. EU TAVA PENSANDO MUITO NISSO VENDO AS PASSISTA DAS ESCOLAS DE SAMBA NA GLOBO, O SAMBÓDROMO TUDO ILUMINADO LÁ EMBAIXO. EU TENHO SIMANCOL. MAS TAMBÉM TENHO SONHO. PRA SONHAR A GENTE NÃO PAGA NADA. VAI QUE O PRÍNCIPE APARECE QUANDO A GENTE MENOS ESPERA?

SÓ QUE AS COISA NÃO TAVA ANDANDO COMO EU E O HE-MAN SONHAVA NÃO. O GAROTO AMERICANO JÁ TAVA MALOCADO COM A GENTE MAIS DE UMA SEMANA JÁ. A BATATA DELE TAVA ASSANDO, MAS A NOSSA TAMBÉM TAVA. QUANTO MAIS TEMPO ELE PASSAVA AQUI, MAIS PERIGOSO FICAVA PRA TODO MUNDO. O MEU ACERTO COM O HE-MAN ERA EU CUIDAR DO RANGO DO MALUCO ATÉ NEGO PAGAR O RESGATE OU ATÉ A GENTE APAGAR ELE. MINHA MESADA DE NOVEMBRO IA SER DOBRADA PELO TRABALHO EXTRA. E NOS INTERVALOS DAS REFEIÇÃO EU AINDA PODIA FAZER COMPANHIA PRA MÃE, DORMIR, BATER PERNA LÁ EMBAIXO, QUALQUER COISA QUE EU QUISESSE. MAS BOA PARTE DESSE TEMPO TODO EU FICAVA MESMO ERA ME ENROSCANDO POR AÍ COM O HE-MAN. CLARO, SEMPRE QUE OS NEGÓCIOS

DELE PERMITIAM. OS NEGÓCIOS DELE ANDAVAM PERMITINDO MUITA SAFADEZA PORQUE O CERCO DA POLÍCIA TAVA FECHANDO EM CIMA DO BÚFALO E QUASE NINGUÉM MAIS SUBIA O NOSSO MORRO PRA COMPRAR BAGULHO. EU NÃO LIA JORNAL, NUNCA LI, DE RAIVA, MAS O HE-MAN LIA JORNAL TODO DIA E EU OUVIA ELE COMENTAR OS PERRENGUE COM O ASTROBLEMA OU COM O ACÁCIO. DO NADA, OS HOMEM TINHAM LIGADO A MÁSCARA DE OSAMA AO BÚFALO. ALGUMA PORRA DE X-9 DEVE TER DEDADO NÓS. ACHO QUE A GENTE ATÉ TREPAVA MAIS PRA ALIVIAR A TENSÃO. EU SEI QUE O HE-MAN TAMBÉM PROCURAVA MAIS A ELISÂNGELA E A CARLA CRISTINA. ERA COMO SE A GENTE TALVEZ NÃO TIVESSE CHANCE DE TREPAR DE NOVO.

EU TIVE ESSE ESTALO ENQUANTO VIA O MAICON DEVORAR MAIS UMA MÉDIA DE COM PÃO E MANTEIGA QUE EU TINHA LEVADO PRA ELE. ELE TAMBÉM COMIA COMO SE TALVEZ NÃO TIVESSE CHANCE DE COMER DE NOVO NÃO. OLHANDO PRA ELE, EU TIVE A IMPRESSÃO DE QUE ELE TINHA ESMAGRECIDO DESDE QUE TINHA CHEGADO AQUI. MAS A CULPA NÃO ERA MINHA NÃO. EU FAZIA COMIDA BOA, TANTO QUE O HE-MAN TINHA PEDIDO ERA PRA MIM CUIDAR DO RANGO, EUZINHA, JOSIRENE DOS SANTOS. ELE NÃO PEDIU NEM PRA ELISÂNGELA NEM PRA CARLA CRISTINA. ESSA, ENTÃO, NÃO DEVIA NEM SABER FRITAR OVO, A PIRRALHA. DUVIDO QUE NOUTRO CATIVEIRO A COMIDA FOSSE MELHOR QUE A MINHA COMIDA. IGUAL, TALVEZ. MELHOR, NUNCA. E ACHO QUE A GENTE SÓ TINHA PULADO UMA OU DUAS REFEIÇÃO, SEMPRE POR MOTIVO DE FORÇA MAIOR, ENTENDE?

O BICHO PEGANDO. NENHUMA DESDE QUE O GURI TINHA CAÍDO NAS GRAÇA DO HE-MAN E GANHADO PISTÃO E COMPUTADOR PRA BRINCAR. UM LUXO. A VERBA PRA COMIDA É QUE CONTINUAVA POUCA. SÓ DAVA PRA FAZER FEIJÃO, ARROZ E CARNE DE SEGUNDA OU FRANGO SÓ. EU ZOAVA O HE-MAN DIZENDO QUE QUERIA OFERECER PRO QUERIDINHO DELE A MINHA GRANDE ESPECIALIDADE, EU DIZIA ASSIM QUE EM RABADA EU ERA A TAL. ELE NÃO RIA DA PIADA E MANDAVA EU SOSSEGAR O FACHO.

ACHO QUE ERA POR ISSO QUE EU NUNCA FICAVA SOZINHA SOZINHA COM O MAICON. CIÚME DO HE-MAN. ENQUANTO EU OLHAVA PRO MAICON DEVORANDO O PÃO COM MANTEIGA, O ACÁCIO E O FX FICAVAM ALERTA NA ÁREA, FERRO NA MÃO. DEPOIS DO CAFÉ, O MENINO MIMADINHO GANHAVA UM TEMPINHO DESAMARRADO PRA USAR OS BRINQUEDINHO QUE O HE-MAN TINHA DADO PRA ELE. O HE-MAN NUNCA TINHA ME DADO COMPUTADOR. NEM RELÓGIO ELE TINHA DADO. DEVIA ACHAR QUE EU ERA BURRA DEMAIS ATÉ PRA DAR CORDA NO RELÓGIO. TAMBÉM NÃO É ASSIM NÃO, QUALÉ? A ÚNICA COISA QUE ELE ME DAVA PRA TOCAR ERA A PUNHETA DELE. O MUQUIRANA SÓ DAVA DINHEIRO SÓ. E AINDA MANDAVA EU COMPRAR CALCINHA BEM ENFIADA NO RABO. DE REPENTE, DEPOIS QUE O MAICON FOSSE EMBORA EU PODIA FICAR COM O COMPUTADOR, NÃO PODIA? NÃO SEI. ERA CAPAZ DE O BICHO IR JUNTO COM ELE, DE TROCO DO RESGATE. ÀS VEZES, EU ACHAVA QUE TINHA CU NO MEIO DESSES PRESENTINHO TODO. TEM SEMPRE CU NO MEIO. EU SEI BEM DISSO.

O ACÁCIO E O FX PODIAM EMPATAR QUALQUER FODA DE VERDADE MAS NÃO TINHAM COMO ME IMPEDIR DE EU OLHAR O VOLUME DENTRO DA BERMUDA APERTADA EMPRESTADA PELO HE-MAN. NO DIA DA TROCA DE ROUPA, EU TINHA VISTO O MAICON NU. EU TINHA VISTO O PINTO DELE, ENTENDE? E ERA UM TREMENDO DE UM PINTÃO. NAQUELE TAL DIA SAÍ DO BARRACO IMAGINANDO AQUELE TROÇO DURO TUDO ENFIADO NA MINHA XOTA. DE NOITE EU CHEGUEI A TOCAR UMA SIRIRICA PENSANDO NO PINTÃO DO GRINGO. GOZEI DE EMPAPAR O SOFÁ. SÓ DE LEMBRAR DISSO ENQUANTO ELE MASTIGAVA O PÃO COM MANTEIGA EU COMECEI A SENTIR O FIO DENTAL QUE TINHA COMPRADO COM A GRANA DO HE-MAN FICAR CREMOSO. SE O ACÁCIO OU O FX PERCEBESSEM QUE EU TINHA FICADO MOLHADA EU TAVA FUDIDA. PORQUE EU FICO É MUITO MOLHADA, FICO MOLHADA DE ESCORRER PELAS PERNAS. EU DISFARCEI E PASSEI A MÃO ENTRE AS COXA PRA VER SE O CALDINHO DE PREXECA ESTAVA VAZANDO PELO SHORT DE LYCRA. SENTI QUE TAVA SIM, QUE MERDA. E EU VI QUE O MAICON VIU ONDE EU TINHA PASSADO A MÃO, EU SEI QUE ELE VIU. ISSO SÓ AUMENTOU O MEU TESÃO. O PAU DELE DEVIA ESTAR DURO AGORA. EU ACHEI QUE EU FOSSE ME ESCORRER TODA PELAS PERNA. TREMENDA CAGADA. ELE TERMINOU DE COMER E AGRADECEU. EU SAÍ DALI BATIDA, JOGUEI O PIRES E A CANECA DENTRO DA PIA DO BARRACO E DEI UM PULO EM CASA PRA TROCAR DE CALCINHA.

NA HORA DO ALMOÇO EU NÃO DEI ESSE MOLE TODO NÃO. É RUIM, HEIN? EU SOU BURRA, MAS NÃO SOU TÃO BURRA A PONTO DE NÃO SABER QUE

SOU BURRA. ENTÃO, EU FICO ESPERTA. BOTEI FOI UMA SAIA PRETA, LARGA E COMPRIDA. ACHO QUE DAVA ATÉ PRA IR A CULTO EVANGÉLICO COM ELA. SEI, CRENTE DO CU QUENTE. O ACÁCIO E O FX CONTINUAVAM DE PLANTÃO NO BURACO. E O MAICON CONTINUAVA COM AS COISAS LÁ DELE ESPREMIDA NAQUELA BERMUDA EMPRESTADA, MAS ELE MAL ME OLHOU. A COMIDA É QUE ELE NÃO OLHOU MESMO. SABIA O QUE ERA: ARROZ, FEIJÃO E UMA CARNE. ELE IA DESCOBRIR QUAL ASSIM QUE BOTASSE A CARNE NA BOCA. ELE COMEÇOU A GARFAR O PRATO QUE EU COLOQUEI NA CADEIRA EM FRENTE A ELE DISTRAIDÃO. TAVA COM O COMPUTADOR ABERTO EM CIMA DAS COXA, ESCREVENDO UNS TROÇO SOBRE UNS TERRORISTA. QUANDO O MAICON SACOU QUE EU TAVA OLHANDO POR CIMA DO OMBRO DELE, SE MEXEU NA CADEIRA PRA ME TIRAR A VISÃO DA TELA DO COMPUTADOR. É CLARO, EU PODIA DE BIRRA TER DADO A VOLTA E FICADO DE FRENTE PRA TELA DE NOVO, MAS NÃO FIZ ISSO NÃO. IA SER CRIANCICE MINHA. EU TINHA ENTENDIDO. O MALUCO NÃO QUERIA NINGUÉM OLHANDO O QUE ELE ESTAVA ESCREVENDO.

MAS EU FIQUEI MEIO PUTA DE ELE MAL TER ME OLHADO DEPOIS DO LANCE DO CAFÉ-DA-MANHÃ. TINHA ROLADO UM LANCE, NÃO TINHA? EU FIQUEI MOLHADA, ELE SACOU, EU SEI. E DUVIDO QUE ELE NÃO FICOU DE PAU DURO. E AGORA NEM ME DAVA UM CONFERE NA BUNDA? AH, NÃO. POR ISSO, NA HORA DE SERVIR A JANTA, EU DECIDI ARREBENTAR A BOCA DO BALÃO. NÃO CAPRICHEI NO RANGO NÃO, QUE ERA O MESMO ARROZ COM FEIJÃO E FRANGO.

É, A CARNE DO ALMOÇO ERA FRANGO. JOGUEI FOI UM POUCO DE BATATA PÁLIDA DE PACOTINHO NO CANTO DO PRATO E ENCHI A CANECA DELE DE COCA EM VEZ DE REFRESCO. MAS ANTES DISSO EU PASSEI UM TEMPÃO DIANTE DO ESPELHO LÁ DA CASA DA MÃE, ESCOLHENDO O MODELITO COM QUE EU IA SERVIR A JANTA PRO MAICON. SAIA PRETA LARGA E COMPRIDA, O CACETE. EU IA ERA JÁ COM A ROUPA PRO BAILE FUNK JÁ. Ó, EU BOTEI O SUTIÃZINHO DAQUELE BIQUÍNI VERMELHO QUE EU NÃO USAVA DESDE OS CATORZE ANOS PORQUE EU NUNCA MAIS FUI PRA PRAIA. EU BOTEI O SHORTINHO DE BRIM BRANCO QUE O BOTÃO MAL FECHAVA E DEIXAVA O REGO DA MINHA BUNDA APARECENDO, MAS METI UM ABSORVENTE GRANDE NA XOTA. EU BOTEI O TAMANCO PRATEADO DE STRASS E SALTÃO QUE JOGAVA A MINHA BUNDA AINDA MAIS PRA CIMA. ERA A ÚNICA MANEIRA DE DEIXAR MINHA BUNDA VIRADA PRA LUA. NÃO TANTO QUANTO A CAGONA DA FLÔ, MAS EU NÃO ME QUEIXO DO QUE DEUS ME DEU. NÃO ME PINTEI MUITO NÃO. EU TENHO LOÇÃO DE RIDÍCULO. DEI A ÚLTIMA OLHADA NO ESPELHO. TAVA GOSTOSA. SE EU FOSSE HOMEM IA QUERER ME COMER. O MAICON AINDA ERA DENTE-DE-LEITE, DEVIA SER VIRGEM MAS IA QUERER ME COMER. VOU TE FALAR PRA VOCÊ, NA BOA, MULHER É FODA. COMO É QUE É AQUELA HISTÓRIA? COM ÁGUA MORRO ABAIXO, FOGO MORRO ACIMA E MULHER QUERENDO DAR NÃO HÁ QUEM POSSA. BEM, EU NÃO QUERIA DAR EXATAMENTE. JÁ TE EXPLIQUEI PRA VOCÊ A PARADA DO CIÚME DO HE-MAN. MAS É QUE FAZER OS OUTRO TAMBÉM QUERER ME COMER JÁ ME DAVA TESÃO.

EU COBRI O PRATO COM UM PEDAÇO DE PAPEL LUMINOSO PRA ELE NÃO ESFRIAR E SUBI A ESCADARIA. JÁ DAVA PRA SENTIR O PANCADÃO LÁ NA QUADRA. TUM, TUM, TUM, TUM, TUM, TUM. A TERRA TREMIA. A PORTA DO BARRACO TAVA ABERTA. A LUZ VAZAVA PRA FORA. O FX ESTAVA SENTADO NA SOLEIRA, COM OS BRAÇO APOIADO NO FUZIL DELE. ELE QUASE ENGOLIU O BASEADO QUANDO ME VIU. ELE NÃO DEVIA ESTAR FUMANDO MACONHA NÃO PORQUE IA TER DE PASSAR A NOITE ACORDADO, VIGIANDO O BURACO. PASSEI POR ELE, QUE FICOU EM PÉ E ME SEGUIU. TENHO CERTEZA QUE ELE FOI ATRÁS MANJANDO O MEU BURRÃO. NAQUELA HORA JÁ NÃO TINHA MAIS NINGUÉM NA CASA. A GENTE ABRIMOS A PORTA DO QUARTINHO. EU PUS O PRATO NA OUTRA CADEIRA E DESAMARREI O MAICON. ELE TIROU O PAPEL LUMINOSO SEM OLHAR PRO PRATO PORQUE NÃO TIRAVA OS OLHOS ERA DE CIMA DE MIM. NEM ELE NEM O FX, MAS O FX AO MENOS TINHA DE DISFARÇAR O OLHO GULOSO DELE POR CAUSA DO, COMO É QUE SE DIZ? INSTINTO DE SOBREVIVÊNCIA. ELE SE BORRAVA TODO DE MEDO DO HE-MAN. O GAROTO ERA MAIS BOBO E JÁ TAVA MEIO FUDIDO MESMO. ME OLHAR ESCANCARADO TANTO FAZIA PRA ELE. EU ESCUTAVA ELE RESPIRAR PESADO.

PRA QUEBRAR AQUELE SILÊNCIO EU PUXEI ASSUNTO COM O MAICON. ACHO QUE FOI A PRIMEIRA VEZ. TODAS AS OUTRA ELE É QUE TINHA PUXADO PAPO COMIGO E EU TINHA DADO UNS CORTE NELE. MAS DAQUELA VEZ EU PERGUNTEI ASSIM SE ELE NÃO IA COMER NÃO, SE IA SÓ FICAR OLHANDO. ELE VACILOU UM POUQUINHO, COMO SE NÃO TIVESSE EN-

TENDIDO, ANTES DE COMEÇAR A GARFAR O PRATO. FIQUEI NAQUELE PAPINHO MOLE. TIPO ASSIM QUER QUE EU ESQUENTO? QUERIA NÃO. TÁ BOM? TAVA. TÁ ESCREVENDO O QUÊ? MEMÓRIAS. TU GOSTA DE MÚSICA, É? GOSTAVA, EU JÁ SABIA. TU TÁ OUVINDO O PANCADÃO? TUM, TUM, TUM, TUM, TUM, TUM, EU FIZ COM A BOCA E BATI NAS MINHAS COXA. ELE ME CORRIGIU, O PENTELHO. DISSE QUE ERA TUM-TUM-TUM-TUM-TU-TUM, FALOU NUMA TAL DE SÍNCOPE E ME PERGUNTOU O QUE ERA AQUILO, SE AQUILO ERA A ESCOLA DE SAMBA DO MORRO. QUE SAMBA QUE NADA, MANÉ, AQUI NÃO TEM NEM CRECHE QUANTO MAIS ESCOLA DE SAMBA. É FUNK, PANCADÃO, PROIBIDÃO, SOM DE PRETO, DE FAVELADO, MAS QUANDO TOCA NINGUÉM FICA PARADO. ELE ME DISSE QUE O FUNK QUE ELE CONHECIA ERA DIFERENTE. FALOU LÁ UNS NOME QUE EU NÃO CONHECIA, UM TAL DE ISLÁI ISTONE, UM TAL DE PRÍNCIPE, SEI LÁ MAIS QUEM. EU MANDEI ASSIM TU CONHECE A TATI QUEBRA BARRACO? SOU FÃ DELA. ELE NÃO CONHECIA A TATI NÃO. ENTÃO ELE NÃO ERA TÃO INTELIGENTE QUANTO PARECIA, O VIADINHO. AÍ EU COMECEI A CANTAROLAR PRA ELE AS MÚSICA DA TATI. EU SEI TODAS AS LETRAS MAS SAIO MISTURANDO TODAS ELAS DA MINHA PRÓPRIA MANEIRA.

EU MANDEI ASSIM Ó SOU FEIA MAS TÔ NA MODA, TOU PODENDO PAGAR MOTEL PROS HOMEM, ISSO É QUE É MAIS IMPORTANTE... NA LUA EU SOU MENINA, NA ÁGUA EU SOU MIMOSA, NA TERRA EU SOU MULHER, NO APOGEU EU SOU GOSTOSA... TAPA NA FRENTE, TAPINHA ATRÁS, AI, GATINHA, TÁ BOM DEMAIS... SAÍ COM UM CARA BONITINHO CHEIO DE

MARRA DE SAFADO, ELE MALHA TODO DIA E TEM O CORPO SARADO, FOI CAIR NA MADRUGADA DIZENDO QUE TÁ CANSADO, ENTÃO DEU UMA DA MANHÃ E O CARA DEITOU PRO LADO, ESTOU COM RAIVA DESSE CARA NEM USEI MEUS ARTIFÍCIO, VOU BOTAR VOCÊ NA PISTA E NUNCA MAIS SAIO CONTIGO... SOU CACHORRA, SOU GATINHA, NÃO ADIANTA SE ESQUIVAR, VOU SOLTAR A MINHA FERA EU BOTO O BICHO PRA PEGAR... SE VOCÊ TIVER CORAGEM DE CONHECER A HORTA VAI VENDER CAQUI, CABÔ CAQUI, TU VAI EMBORA, CABÔ CAQUI, TU VAI EMBORA... ENTREI NUMA LOJA, ESTAVA EM LIQUIDAÇÃO, QUEIMA DE ESTOQUE, FOGÃO NA PROMOÇÃO, ESCOLHI DA MARCA DAKO PORQUE DAKO É BOM, DAKO É BOM, DAKO É BOM...

AOS POUCOS EU FUI CASANDO AS LETRAS COM O BATIDÃO QUE VINHA LÁ DA QUADRA. SACUDI O POPOZÃO QUE NEM POSSESSA. ACHO QUE FOI NESSA HORA QUE O FX SAIU DO QUARTO. ELE DEVE TER IDO PRO BANHEIRO, O PUNHETEIRO.

EU CONTINUEI TIPO ASSIM QUANDO A GENTE CHEGA OS HOMEM FICAM LOUCO, GRITAM E DESMAIAM PEDINDO DANÇA DE NOVO, REBOLANDO ATÉ EMBAIXO, QUEM SABE É A GENTE NA MONTAGEM DO CATUCA, OS HOMEM SÃO CHAPA QUENTE, ENTÃO CATUCA, CATUCA, CATUCA LÁ NO FUNDO... GOZA NA BOCA, GOZA NA CARA, GOZA ONDE QUISER, BOTA NA BOCA, BOTA NA CARA, BOTA ONDE QUISER... EU VOU TOCAR UMA SIRIRICA, EU VOU GOZAR NA TUA CARA, VAI MAMADA, VAI MAMADA, EU VOU DAR MINHA BUCETA BEM DEVAGARINHO, MAS O QUE EU QUERO MESMO É PIROCA NO CUZINHO... A XOTA TÁ MANJADA E O CUZINHO TAMBÉM, SE LIGA

IRMÃZINHA, ESPANHOLA DÁ TAMBÉM, PEGUE NOS MEUS PEITINHOS, NO MEIO VAI ROLA, NO MEIO VAI ROLA, NO MEIO VAI ROLA, BASTA UNS MOVIMENTO, QUE A PORRA VAI NA BOCA...

DE REPENTE EU PAREI DE CANTAR E REBOLAR. ENTÃO VI QUE O MAICON TINHA BOTADO O PRATO E O GARFO EM CIMA DA OUTRA CADEIRA. ELE ESTAVA SENTADO MEIO CURVADO PRA FRENTE E COM AS PERNAS CRUZADAS APERTADO. EU ME RI POR DENTRO. VITORIOSA, EU VOLTEI PRO PAPINHO MOLE TIPO JÁ TERMINOU DE COMER JÁ? O MALUCO DEMOROU DE NOVO A RESPONDER QUE NÃO, ELE NÃO TINHA TERMINADO NÃO. AÍ ERA ENGRAÇADO VER ELE TENTANDO PEGAR AS COISA E FICAR NAQUELA POSIÇÃO ESQUISITA AO MESMO TEMPO. CLARO QUE ELE DEIXOU CAIR O GARFO. É O QUE EU DISSE: EU NÃO ME QUEIXO DA MINHA SORTE. ESSA FOI A DEIXA PRA EU ABAIXAR DE COSTAS PRA ELE. AH, SE BUNDA TIVESSE PULMÃO EU TINHA RESPIRADO FUNDO. PEGUEI O GARFO E DISSE QUE IA PASSAR UMA ÁGUA NA COZINHA. QUANDO PASSEI PELA PORTA DO QUARTO VI O FX ENCOSTADO DE COSTA NA PAREDE. ELE DESVIOU DO MEU OLHAR, O COVARDE. NA VOLTA, ELE TAVA DE NOVO COM A ARMA LÁ DELE MEIO APONTADA PRO MAICON. NEM OLHEI PRA ELE. O MAICON NEM OLHOU PRA MIM. QUANDO ELE TERMINOU DE COMER, EU FUI LÁ PRO MEU FUNK.

A QUADRA TAVA BEM CAÍDA. SÓ O PESSOAL DA COMUNIDADE TAVA LÁ SÓ. NÃO TINHA NINGUÉM DOS MORROS DO CONCEITO. NEM MUITO MENOS OS PLAYBOYZINHO DA ZONA SUL, OS PRIMEIRO A SUMIR SEMPRE QUE A CHAPA ESQUENTA. E A CHAPA

AQUI TAVA QUENTE PACA, TAVA QUEIMANDO O CU DE TODO MUNDO. SEM OS CARA QUE É NÓS E SEM OS BRANQUINHO, EU NÃO TINHA PRA QUEM ME EXIBIR NÃO PORQUE A GALERA DA ÁREA TAVA CIENTE QUE EU ERA DO HE-MAN. VI A LAMBISGÓIA DA CARLA CRISTINA E AS COLEGA DELA EM FRENTE AO PALQUINHO. ENCONTREI MINHAS COLEGA. A GISLAINE, A PAT E A DORÔ, QUE ANDAVA MEIO SUMIDA. A GENTE FICAMOS LÁ NO CANTINHO, PERTO DAS CAIXA DA EQUIPE DE SOM, SENTINDO O PANCADÃO DENTRO DO CÉLEBRO, NAQUELA BRINCADEIRA NOSSA. FAZ TRENZINHO, DESCE O POPOZÃO ATÉ O CHÃO, SACODE A XANINHA, CARA DE SAFADA. MESMO SEM NENHUM MACHO PRA APRECIAR. FICAMOS NESSA UM TEMPÃO. EU JÁ TAVA ESQUECIDA DE MIM MESMA JÁ QUANDO ALGUÉM ME PEGOU PELO BRAÇO. ERA O CESINHA, UM DOS GAROTO DE RECADO DO HE-MAN. ELE BERROU NO MEU OUVIDO ASSIM QUE ERA PRA EU IR ENCONTRAR O HE-MAN NO BURACO. BURACO ERA COMO A GENTE CHAMAVA O CATIVEIRO, TÁ LIGADO? BOTEI AS MÃO NAS CADEIRAS E PERGUNTEI SE ERA PRA JÁ. O CESINHA BALANÇOU A CABEÇA. ERA PRA JÁ, SIM. ACHEI O MAIOR DESPEITO MANDAR ME PERTURBAR NA MINHA HORA DE FOLGA, FOLGA DE TUDO. FIZ O MAIOR CORPO MOLE. CONTINUEI DANÇANDO COM AS MINHAS COLEGA MAIS UM TEMPÃO. QUANDO JÁ TAVA QUASE ESQUECENDO ATÉ DO CHAMADO DO HE-MAN EU DEI TCHAU PRA ELAS E FUI VER QUAL ERA A DO VACILÃO DO MEU HOMEM. TALVEZ DESSE PRA EU VOLTAR PRA QUADRA. TALVEZ NÃO.

O ASTROBLEMA, O CARA-DE-FOME E O FX ESTAVAM CONVERSANDO BAIXINHO NA SALA. DENTRO

DO QUARTO DAVA PRA OUVIR A VOZ DO HE-MAN. ABRI A PORTA E VI ELE DANDO VOLTA NA CADEIRA ONDE O MAICON TAVA SENTADO. DANDO VOLTA E FALANDO PACA, NÉ? PORQUE QUANDO A GENTE CHEIRA A GENTE CONVERSA ATÉ COM A GENTE MESMO EM VOZ ALTA. O PRATO VAZIO E O GARFO CONTINUAVA NA OUTRA CADEIRA. O MAICON ME OLHOU MEIO DISFARÇADO. O HE-MAN NEM ISSO. FICARAM LÁ OS DOIS DISCUTINDO SOBRE QUEM TINHA FEITO PRIMEIRO UMA TAL MÚSICA. ARI OU DUQUE. QUANDO FIZ QUE IA INTERROMPER, O HE-MAN ME MANDOU CALAR A MINHA BOCA COM UM GESTO. FIQUEI PLANTADA LÁ, CARA DE TACHO, BRAÇO CRUZADO, FAZENDO BEIÇO. QUER DIZER, MAIS BEIÇO AINDA DO QUE EU JÁ TENHO. BEM, OS CARA EM QUEM EU JÁ PAGUEI BOQUETE NUNCA SE QUEIXARAM DELE... EU TAVA TÃO PUTA DA VIDA POR NÃO ESTAR NO BAILE FUNK QUE SÓ DE BIRRA FIQUEI LEMBRANDO DOS OUTROS PAUS QUE EU JÁ TINHA CHUPADO NA VIDA ALÉM DO HE-MAN. DAVA UNS SETE. ATÉ DA PIROCA DO CLÉBER EU LEMBREI.

EU DEVIA ESTAR QUASE COCHILANDO EM PÉ OUVINDO OS DOIS CONVERSAR NOUTRO PLANETA QUANDO O HE-MAN ME AGARROU PELO BRAÇO E DISSE ASSIM Ó VEM. PEGUEI O PRATO VAZIO E O GARFO. FUI ATRÁS DELE PRA COZINHA. EU CRUZEI OS BRAÇO DE NOVO E ENCOSTEI O PANDEIRÃO NA PIA, BUFANDO PRA MARCAR POSIÇÃO DE PUTICE. O HE-MAN DISSE ASSIM NÓS TAMOS FUDIDO. DE VERDADE. JOGUEI MINHA ÚLTIMA CARTADA HOJE DE TARDINHA. PEDI AJUDA PROS MANO DA FACÇÃO. LIGUEI LÁ PRA BANGU E ELES COLOCARAM O CELULAR

NO VIVA-VOZ. MELHOR PASSAR VERGONHA DO QUE MORRER CALADO. SÓ QUE EU ACHO QUE EU PASSEI VERGONHA A TROCO DE NADA, CRIOULA, TAMOS FUDIDO. ELES NÃO VÃO NOS SOCORRER NÃO. DISSERAM QUE O NOSSO FILME TÁ QUEIMADO, QUE ESSA PORRA DESSE SEQÜESTRO FOI TODO MAL CONDUZIDO, COISA DE AMADOR, QUE NÃO QUEREM SE METER COM O FBI. ELES NÃO DISSERAM NA MINHA CARA, MAS SENTI QUE ELES NÃO VÃO BOTAR O DELES NA RETA POR CAUSA DO NOSSO. ELES VÃO PREFERIR ATÉ DEIXAR O NOSSO MORRO CAIR DO QUE VIR NOS SOCORRER DO MATO FECHADO. AS VENDAS NÃO ANDAM BOAS, É VERDADE, MAS NÓS SEMPRE FOMOS GUERREIROS FIÉIS, FOMOS BRAÇO. FALEI PRA ELES QUE TAVAM DEIXANDO UM IRMÃO DE FÉ NA MÃO, MAS QUE EU IA MORRER FEITO HOMEM, ATIRANDO. ELES ENTÃO SÓ ME DESEJARAM BOA SORTE E DESLIGARAM. TAMOS FUDIDOS. O HE-MAN FALOU MAIS OU MENOS TUDO ISSO. E ME METEU O LAMBÃO ALI MESMO.

EU TAVA ATÉ DE OLHEIRA QUANDO FUI LEVAR O CAFÉ DO MAICON NA MANHÃ SEGUINTE. ACHO QUE EU DEVIA TER OLHEIRA ATÉ NO OLHO DO CU. O CARA-DE-FOME FICOU NA SOLEIRA DA PORTA VENDO A CHUVA FINA CAIR LÁ FORA. EU TAVA TÃO TRISTE DAS NOTÍCIA RUIM E TÃO ARDIDA NAS PREGA QUE FOI O PIRRALHO QUEM PUXOU O PAPINHO. FIQUEI CUSPINDO AS RESPOSTA, SEM PRESTAR MUITA ATENÇÃO. ATÉ QUE ELE ME PERGUNTOU O QUE QUER DIZER FAZ UM FILHO NESSA PRETA. O QUÊ? É, FAZ UM FILHO NESSA PRETA. O VIADO DO AMERICANO PERGUNTOU POR QUE É QUE NA NOITE PASSADA, DEPOIS QUE EU E O HE-MAN SAÍMOS DO QUARTO, EU

TINHA GRITADO TANTO FAZ UM FILHO NESSA PRETA, FAZ UM FILHO NESSA PRETA. ISSO ME DEIXOU PUTA DENTRO DAS CALÇA. EU ATÉ ACORDEI DE VERDADE. SOLTEI O VERBO TIPO ASSIM QUALÉ Ô BOIOLA, TU NÃO SABE COMO É QUE AS CRIANÇA NASCE NÃO? PAU NA XOTA E LEITE NA OLHOTA! ALÉM DO MAIS, VOCÊ NÃO TEM NADA QUE FICAR TE METENDO NAS MINHAS INTIMIDADE COM O HE-MAN NÃO. O MAICON NESSA HORA MEIO QUE RIU E DISSE QUE EU TINHA GRITADO TANTO MINHAS INTIMIDADE QUE ELE ACHOU QUE PODIA PERGUNTAR O QUE SIGNIFICAVA FAZ UM FILHO NESSA PRETA.

DEI UMA TAPONA BEM NA CARA DELE. MAS NEM UM PINGO DE CAFÉ COM LEITE PULOU FORA DA CANECA. ELE SÓ FICOU SÉRIO E ME PEDIU DESCULPA. DESCULPA, JÔ, EU SOU UMA CRIANÇA. AGORA ENTENDI. VOCÊ QUER MESMO TER UM FILHO DO HE-MAN. TOMARA QUE VOCÊ ENGRAVIDE LOGO. ENTÃO EU COMECEI A CHORAR. EU TAVA COM OS NERVOS DA COR DA PELE. EU FALEI ASSIM COMO NUM JATO TODAS AS MINHAS COLEGA QUASE JÁ TEM FILHO JÁ. A GISLAINE TEM, A PAT TAMBÉM, SÓ A DORÔ É QUE AINDA NÃO TEM. AS OUTRAS MULHER AQUI DO MORRO ATÉ ME OLHAM COM DESPREZO. TER DEZESSEIS E AINDA NÃO TER FILHO!? PRA QUE SERVE UMA MULHER A NÃO SER PRA TER FILHO DO HOMEM DELA? SÃO OS FILHO QUE GARANTEM O NOSSO FUTURO, PORQUE NO BRASIL PAI QUE DEIXA DE PAGAR PENSÃO VAI EM CANA NA CERTA. SÓ ASSIM, NÉ... SEI QUE O HE-MAN NÃO IA DEIXAR A MÃE DO FILHO DELE PASSAR APERTO, IA? SEM FILHO, EU AINDA NÃO TENHO NENHUM FUTURO. EU PRECISO PEGAR BARRIGA LOGO, ANTES

DA ELISÂNGELA E DA CARLA CRISTINA. ATÉ PORQUE DAS TRÊS EU SOU A MULHER DEMAIS ANTIGA DO HE-MAN. MAS EU NÃO SOU SECA NÃO, SEI QUE NÃO SOU, TENHO CERTEZA QUE VOU SER MÃE. MAS O QUE É QUE EU POSSO FAZER SE COM UM BURRÃO DESSES O HOMEM SÓ PENSA EM ME ENRABAR?

ENTÃO EU OLHEI PRO MAICON. ELE TAVA DE OLHO ARREGALADO. COM O GRINGO A GENTE NUNCA PODIA TER CERTEZA SE ELE TINHA ENTENDIDO DIREITO O QUE A GENTE TINHA DITO. MAS SE ELE NÃO TINHA ENTENDIDO ESSA ÚLTIMA PARTE NÃO TAVA ERA LIGANDO NOME E PESSOA, PORQUE O HE-MAN DIZIA QUE OS AMERICANO VIVIA ERA ENRABANDO O MUNDO. MAS ACHO QUE ELE ENTENDEU AO MENOS O SENTIDO GERAL DA COISA SIM PORQUE ELE BOTOU A CANECA NA OUTRA CADEIRA, LEVANTOU DEVAGARINHO E ME ABRAÇOU, SEM DIZER PALAVRA.

FIQUEI FUNGANDO ALI NO OMBRO DELE MAIS UM TEMPINHO. NO OMBRO, NÃO, NÉ? MINHA CABEÇA NÃO BATIA LÁ NO OMBRO NÃO. ELE ERA ALTO PRA CARALHO. EU DEVIA ESTAR CHORANDO ERA NO PEITO OU NO ESTROMBO DELE. OS DEDO DE SETA DO HE-MAN QUE SE FUDESSEM SE VISSEM A CENA. QUANDO O MEU CHORO FOI PASSANDO É QUE O MAICON ME PERGUNTOU SE O HE-MAN ERA MUÇULMANO PRA TER ASSIM TRÊS MULHERES. AH, SÓ UM GRINGO BOBÃO PRA ME FAZER RIR NAQUELE DIA.

A CHUVA COMEÇOU A PESAR AINDA DE MANHÃZINHA. CHUVA PESADA É SEMPRE SINAL DE ALERTA EM MORRO. ISSO SÓ SERVIU PRA AUMENTAR O NOSSO BAIXO ASTRAL SÓ. DEU MEIO-DIA E O

HE-MAN FOI ALMOÇAR LÁ EM CASA. OS SEGURANÇA DELE FICOU LÁ FORA, TOMANDO CHUVA. EU, ELE E MAIS A MÃE COMEMOS QUASE SEM FALAR NADA E NÃO FALANDO NADA IMPORTANTE. SÓ TIPO A CHUVA, É, A CHUVA... POR CAUSA DELA, EU NÃO TIVE ÂNIMO DE SUBIR A ESCADARIA PRA LEVAR O RANGO DO MAICON. O HE-MAN ME DISSE QUE TUDO BEM, ELE QUE SENTISSE FOME E QUE, ALÉM DO MAIS, ERA ELE QUE JÁ JÁ IA ERA SERVIR DE COMIDA PRA MINHOCA MESMO. O HE-MAN TAVA TÃO BOLADO QUE NEM ME SOLICITOU AQUELES MEU SERVIÇO. NEM EU TIVE VONTADE DE TOCAR UMA SIRIRICA DIGESTIVA. PASSEI A TARDE EM CASA, DORMINDO ABRAÇADINHA COM A DONA IRENE, QUE CHUVA SÓ É BOA É PRAS PLANTAS E PRA DORMIR. AS PLANTAS SÃO SER VIVO, MAS ATÉ PARECE QUE TÃO SEMPRE DORMINDO, NÉ, NÃO? EU TIVE VONTADE DE SER PLANTA. PENSEI AQUI NUMA PIADA, MAS NÃO TOU A FIM DE TE CONTAR AGORA NÃO.

A CHUVA SÓ PAROU DE NOITINHA SÓ E EU FUI LEVAR A COMIDA DO MAICON. O ACÁCIO E O XANDE SUBIRAM COMIGO PRA RENDER O POBRE DO CARA-DE-FOME, QUE DEVIA ESTAR MAIS CARA-DE-FOME QUE NUNCA, O MALUCO. QUANDO EU TIREI O PAPEL LUMINOSO DE CIMA DO PRATO COM ARROZ, FEIJÃO, UM POUCO DE FARINHA E CARNE DE SEGUNDA VI QUE O MAICON FEZ CARA DE DESGOSTO. EU PERGUNTEI O QUE ERA. ELE ME RESPONDEU PERGUNTANDO QUE DIA ERA AQUELE. ERA DIA DE DOMINGO. ENTÃO ELE ME DISSE QUE TAVA COM VONTADE DE COMER PIZZA PORQUE DOMINGO ERA O DIA EM QUE OS VELHO DELE SEMPRE PEDIA PIZZA. NÃO FIQUEI PUTA

NÃO, EU IMAGINEI QUE ELE TAVA DE SACO CHEIO DE COMER SEMPRE A MESMA COISA. MAS EU PERGUNTEI ASSIM MAS TU NÃO TÁ COM FOME, NÃO? A PIZZA VAI DEMORAR A CHEGAR. ELE RESPONDEU QUE A FOME JÁ TINHA ATÉ PASSADO MENOS A FOME DE PIZZA. EU DISSE QUE O HE-MAN NÃO IA AUTORIZAR. ELE PEDIU PRA EU TENTAR. OS TRÊS TAVA NA SALA CHEIRANDO UNS PAPELOTE. PEDI PRO ACÁCIO PASSAR UM RÁDIO PRO HE-MAN. EU FALEI DO PEDIDO. MAS BANQUEI A OFENDIDA POR CAUSA DA MINHA COMIDA REJEITADA. MULHER É FODA, EU JÁ TE DISSE PRA VOCÊ JÁ.

O HE-MAN CAGOU PRA MIM. ELE DISSE QUE IA PEDIR A PIZZA SIM. PIZZA DE QUÊ? PIZZA DE QUÊ?, EU GRITEI PRO MALUCO. DE PEPERONE. DE PEPERONE, EU REPETI PRO HE-MAN. ENTÃO SEGURA AS PONTA AÍ, O HE-MAN FALOU PRA MIM. O QUE EU MAIS FAÇO NA VIDA É SEGURAR PONTA, QUERIDO, EU RESPONDI. CÂMBIO. EU TAVA PRA VER O DIA EM QUE O HE-MAN IA NEGAR UM PEDIDO DO MAICON... DEI O PRATO FEITO PRO CARA-DE-FOME, MAS ELE JÁ TAVA ENCHENDO A PANÇA DE PÓ. AÍ EU VOLTEI PRO QUARTO PRA EXPLICAR PRO GAROTO QUE A PIZZA DEMORAVA MEIA HORA, QUARENTA MINUTO, POR AÍ. ELE ME PERGUNTOU E EU EXPLIQUEI TAMBÉM QUAL ERA O ESQUEMA DA PIZZA. ERA SIMPLES. ALGUÉM DO MOVIMENTO LIGAVA TIPO NORMAL E PEDIA PRO MOTOQUEIRO ENTREGAR A PIZZA EM FRENTE AO NÚMERO TAL DA RUA. OS CARA DA PIZZARIA SACAVA LOGO QUE ERA NÓS PEDINDO, MAS NEM NADA. FREGUÊS É FREGUÊS. A GENTE PAGAMOS DIREITINHO E AINDA DAMOS GORJETA PRO ENTREGADOR. ALGUÉM DOS NOSSO IA ESPERAR EM

FRENTE AO NÚMERO TAL, PAGAR TUDO E SUBIR COM A PIZZA. MEIA HORA PRO MOTOQUEIRO CHEGAR LÁ EMBAIXO, DEZ MINUTO PRA SUBIR A ESCADARIA, ACHO QUE UNS QUINZE NAQUELE DIA PORQUE TAVA TUDO MOLHADO DA CHUVA AINDA. FICAMOS EU E O MAICON MEIO SEM JEITO LÁ NO QUARTO. ELE ME PERGUNTOU SE EU TAVA MELHOR. EU DISSE QUE TAVA SIM, MAS NÃO DEI MUITA CONFIANÇA MAIS NÃO. MULHER É FODA.

EU NEM SEI DIREITO POR QUE EU FIQUEI LÁ POR CIMA PORQUE O ACÁCIO E O XANDE PODIA PASSAR A PIZZA DIRETO PRO MAICON. FIQUEI TALVEZ PORQUE ERA DIA DE DOMINGO DE NOITE E NINGUÉM FAZ PORRA NENHUMA NO DIA DE DOMINGO DE NOITE. FIQUEI TALVEZ PORQUE EU TAMBÉM QUERIA COMER COISA DIFERENTE, SEI LÁ. SÓ FIQUEI, PORRA. DAQUI A POUCO VEM O ACÁCIO COM O RÁDIO NA MÃO. NADA FEITO, ELE ME DISSE. O MOTOQUEIRO TINHA CHEGADO TODO SE BORRANDO EM FRENTE AO NÚMERO TAL E EXPLICADO PRO CESINHA, É, ERA O CESINHA QUE IA TRAZER A PIZZA PRA CÁ PRA CIMA, QUE UNS PM DA RONDA TÁTICA TINHA PARADO ELE E FICADO COM A NOSSA PIZZA SEM PAGAR. NÃO ERA A PRIMEIRA VEZ QUE AQUILO ACONTECIA NÃO. O CESINHA ATÉ DEU OS DOIS REAL PRO PARAÍBA DA MOTO E PASSOU UM RÁDIO. EXPLIQUEI TUDO. O MAICON FALOU ENTÃO ME DÁ AQUELE PRATO MESMO. MAS EU JÁ TINHA DADO O PRATO DE FEIJÃO COM ARROZ PRO CARA-DE-FOME, LEMBRA? ATÉ CHEIO DE PÓ NAS IDÉIA ELE JÁ TINHA TRAÇADO TUDO JÁ, O MACONHEIRO. O MAICON IA TER DE DORMIR SEM COMER NADA. TREMENDA JUDIAÇÃO.

AÍ O QUE ACONTECEU? AÍ ME DEU UM ESTALO NA CABEÇA. EU FUI VER SE TINHA ALGUMA COMIDA NO BARRACO. TINHA. QUER DIZER, TINHA COMIDA MAIS OU MENOS. NEGUINHO QUE CHEIRA FAZENDO GUARDA NÃO COSTUMA COMER MUITO. EU ACHEI UM PACOTE DE PÃO PLUS VITA COM A VALIDADE VENCIDA DOIS DIA, MAS PRO QUE EU TINHA PENSADO ISSO NÃO FAZIA MAL NÃO. ACHEI TAMBÉM NO ARMÁRIO DA COZINHA UMA LATA FECHADA DE MOLHO DE TOMATE. E NA GELADEIRA TINHA UMAS FATIA DE QUEIJO PRATO MEIO MOFADO. NÃO DIZ QUE QUEIJO BOM É QUEIJO MOFADO? ENTÃO EU LIGUEI O FORNO E FIZ UMA PIZZA CASEIRA PRO MAICON. ELE FICOU TÃO FELIZ QUE ATÉ ME CONVIDOU PRA COMER UMA FATIA DO PÃO COM ELE. EU ACEITEI PORQUE ERA TARDE, EU NÃO TINHA JANTADO E EU TAVA DESCONFIADA QUE O HE-MAN NÃO TINHA APARECIDO PORQUE TAVA ENFIADO EM ALGUM OUTRO BURACO. O BURAQUINHO DA CARLA CRISTINA, APOSTO.

O MAICON ME CONTOU DE BOCA CHEIA DE PIZZA SABOR PIZZA QUE O SONHO DELE ERA JOGAR BASQUETE NUMA UNIVERSIDADE AMERICANA E DEPOIS QUERIA TOCAR LÁ O JAZZ DELE ATÉ FICAR BEM VELHINHO. ANTES ELE IA TOCAR PISTÃO NO DISCO DE RAP DO HE-MAN, QUER DIZER, NO DISCO DE RAP DO MC JB. SE DEUS QUISESSE O DISCO IA DAR MUITA GRANA PRA NÓS PORQUE O HE-MAN NÃO IA DEIXAR NEGUINHO COMPRAR PIRATA NÃO, EU DISSE. ENTÃO O MAICON ME PERGUNTOU QUAL ERA O MEU SONHO. EU FUI SINCERA. DISSE QUE NÃO SABIA DIREITO SE ERA TER UM NENÉM DO HE-MAN E VIRAR MULHER DO MAIOR RAPPER DO BRASIL OU SE ERA VIRAR PUTA

QUE NEM MINHA IRMÃ E IR MORAR LONGE DAQUI. CONTEI PRA ELE TODA HISTÓRIA DA FLÔ QUE EU JÁ CONTEI PRA TU. CAPRICHEI NAS PARTE MAIS PICANTE. MUITO PICANTE. PICANTE NA XOTA, PICANTE NO CUZINHO, PICANTE NA ESPANHOLA... SÓ PRA DEIXAR ELE AINDA MAIS DOIDO EU INVENTEI QUE A FLÔ GOSTAVA DE FUDER COM HOMEM AMARRADO EM CADEIRA, SÓ COM A PICA DURA DELE SOLTA PRA ELA MAMAR E MONTAR. PORRA NENHUMA. ESSA ELA NUNCA ME CONTOU. MAS EU PENSO MUITA MERDA EU MESMA. ENTÃO EU PERGUNTEI PRO MAICON COMO ELE GOSTAVA DE FUDER. ELE ME DESCONVERSOU. EU INSISTI. ELE DISFARÇOU. EU TORREI O SACO DELE. ELE ME CONFESSOU QUE AINDA ERA VIRGEM.

SEI LÁ POR QUE ME DEU UMA COISA AQUI NO PEITO, UMA TERNURA DANADA QUE EU QUASE CHOREI. CARACA, AQUELE PIRRALHO AMERICANO ERA CAPAZ DE MORRER SEM NUNCA METER AQUELA PIROCA COMPRIDA NUMA XOTA BEM MOLHADINHA, DESLIZANDO FÁCIL. MORRER SEM NUNCA OUVIR UMA CACHORRONA PREPARADA PEDIR FUCK ME FUCK ME PRA ELE. MORRER SEM ENRABAR ELA. MORRER SEM NUNCA ESPORRAR NA BOCA DA GATINHA DELE. MORRER VIRGEM. PORRA, QUE VIDA DE MERDA IA TER SIDO ESSA. A GENTE VEM DE UM BURACO E VAI PRA OUTRO BURACO. MAS BOM MESMO É OS BURACO NO MEIO DO CAMINHO, AQUELES QUE SE LAMBUZAM. ENTÃO ME VEIO UMA PARADA MUITO MALUCA NA MINHA CABEÇA.

O ACÁCIO E O XANDE TAVA BEM LÁ FORA, DAVA PRA OUVIR ELES FALANDO DE FUTEBOL. FLAMENGO, BOTAFOGO, O CARALHO. EU FALEI PRO

MAICON ASSIM o acácio e o xande tão lá fora na frente da porta. tem uma janela na sala que fica do lado do barraco. ela está aberta. pulando ela você pode dar a volta e descer a escadaria correndo. faz o seguinte ó. me bate com força e eu só vou gritar depois de cinco minuto. é tua chance. vai, me bate. porra, me bate, porra. ELE VACILOU MAS ACABOU FAZENDO O QUE EU DISSE PRA ELE FAZER. BATEU ATÉ COM FORÇA DEMAIS, O MALUCO. DOEU PRA CARALHO EMBAIXO DO OLHO ESQUERDO. EU MORDI OS BEIÇO PRA NÃO GRITAR ANTES DA HORA. ELE SAIU PELA PORTA. SÓ OUVI ELE PULAR PELA JANELA PORQUE EU SABIA QUE ISSO IA ACONTECER, SENÃO NÃO TINHA NEM OUVIDO. ME DEITEI NO CHÃO E FIQUEI CHORANDO BAIXINHO. DEIXEI UM TEMPINHO PASSAR E PEDI SOCORRO.

O GAROTO DEU FOI UM AZAR FUDIDO. EU SOUBE LOGO ASSIM QUE EU BERREI QUASE. FIQUEI ATÉ COM MEDO DE TER ABERTO O BERREIRO CEDO DEMAIS, SEI LÁ, MAS ENTENDI PELAS HISTÓRIA TODA QUE ANTES DE EU PEDIR SOCORRO CÁ EM CIMA ELE JÁ TINHA SE FERRADO LÁ EMBAIXO. E OLHA QUE COM AQUELAS PERNA COMPRIDA DELE, ELE JÁ TINHA PASSADO DE PASSAGEM PELA GOELA DO GATO, JÁ TINHA PASSADO BATIDO PELO TERREIRÃO DE BAIXO, TAVA TUDO DESERTO, PISTA LIMPA, NENHUM SOLDADO DO TRÁFICO NA ÁREA. ENTÃO NÃO TINHA MAIS MORRO, ELE TAVA NO PLANO E ACHOU QUE JÁ TAVA A SALVO JÁ. PAROU TODO ESBAFORIDO NA BIROSCA DO CRIDENCE E PEDIU AJUDA. A BIROSCA FICA ABERTA A NOITE TODA. OS OLHEIRO FICA SEMPRE NELA, DISFARÇADO DE PAU D’ÁGUA. POR ISSO O CRIDENCE NEM PRECISOU CAGUETAR O MAICON

NÃO, E É CLARO QUE O CRIDENCE IA CAGUETAR O MAICON, ORA, IMAGINA PERDER ESSA CHANCE DE FAZER MÉDIA COM O HE-MAN. MAS COMO EU TE DISSE PRA TU NEM PRECISOU. DEPOIS QUE O LANCE DA PIZZA NÃO DEU CERTO O CESINHA FICOU POR ALI MESMO, TOMANDO UMAS CERVEJA COM O PAULÃO E A SOLANGE, FILHA DA TIA MENINA. QUANDO O MAICON BOTOU AS MÃO NO BALCÃO E PEDIU SOCORRO PRO CRIDENCE, O CESINHA CHEGOU LOGO POR TRÁS DELE E BOTOU O 38 NA NUCA DO MALUCO. ENTÃO O PAULÃO DEU UMA CHAVE DE BRAÇO NO INFELIZ. NO CAMINHO CÁ PRA CIMA, OS DOIS AVISARAM O HE-MAN E O ASTROBLEMA, QUE TAVAM CHAPADO NA FORTALEZA NO ALTO DA GOELA DE GATO.

ASSIM, EU AINDA TAVA NO BARRACO QUANDO O MAICON VOLTOU AGARRADO PELO PAULÃO E PELO FX. VOLTOU NA BASE DO PONTAPÉ E DA CORONHADA DE FAL. NA FRENTE DELE EU TIVE DE REPETIR A NOSSA VERSÃO, DE QUE ELE TINHA ME DADO UM PORRADÃO EM MIM E EU TINHA DESMAIADO NO CHÃO NO QUARTO. A MARCA ESCURA NA MINHA CARA FEIA TAVA ALI PRA NÃO ME DEIXAR MENTIR. O MAICON NÃO FALOU NADA NÃO, FOI MACHO. ELE APANHOU CALADO. ELE NÃO PROTESTOU INOCÊNCIA NEM DISSE MAIS QUE ERA UMA CRIANÇA. ERAM UNS OITO OU NOVE BATENDO NELE COMO NÃO SE BATE NEM EM CACHORRO FUJÃO. O HE-MAN MESMO FICOU FOI DE FORA, MAS OLHANDO A PORRADARIA SEM PISCAR, OS OLHO ESPETADO DE ÓDIO. EU NÃO AGÜENTEI MUITO TEMPO AQUILO ALI NÃO. EU DISSE PRO HE-MAN QUE PRECISAVA BOTAR GELO NO LUGAR DA PANCADA, QUE NÃO TAVA ME SENTINDO BEM E

FUI. NÃO ERA MENTIRA, ERA? ENTÃO EU FUI PRA CASA DA MÃE, TENTAR DORMIR. NÃO CONSEGUI PREGAR O OLHO A NOITE TODA. NÃO ERA DOR NÃO. EU TINHA A IMPRESSÃO DE OUVIR ALGUÉM GRITANDO LONGE.

QUANDO O SOL RAIOU, EU NÃO SABIA MAIS O QUE ERA PRA FAZER. SE ERA PRA LEVAR NORMAL O CAFÉ DO MAICON AINDA OU SE ELE JÁ TAVA ENTERRADO NO TERREIRÃO DE CIMA, PERTO DO BUIÚ. SUBI DE MÃO VAZIA. O FX E UM OUTRO NEGUINHO QUE EU ESQUECI O NOME ESTAVAM DE GUARDA NA SALA DO BARRACO. ME DEU UM ALÍVIO... MORTO NÃO PRECISA SER VIGIADO A NÃO SER POR DEUS NOSSO SENHOR, EU PENSEI. NEM OS DOIS NEM EU DISSE NADA. ABRI A PORTA DO QUARTO. OLHA, ACHO QUE ERA ATÉ MELHOR O MAICON ESTAR MORTO ALI. ELE TAVA INCHADO FEITO UM PRESUNTO, NU, AMARRADO NA CADEIRA. ELE ATÉ TAVA RESPIRANDO AINDA MAS PARECIA DESMAIADO OU COISA PIOR, EM COMA. CARACA, QUE SINISTRO, ELE NÃO ERA MAIS PRETO QUE NEM EU NÃO. TINHA FICADO TODO VERMELHO, ISSO SIM. VERMELHO-CLARO DAS FERIDA ABERTA E VERMELHO-ESCURO DAS FERIDA QUE JÁ TAVAM FAZENDO CASCA. O CHÃO DO QUARTO COMBINAVA COM ELE. TUDO VERMELHO. PARECIA O INFERNO, CRUZ CREDO.

EU FECHEI A PORTA DO QUARTO ATRÁS DE MIM E DISSE ASSIM puta que me pariu O MAICON SE MEXEU NA CADEIRA MAS NÃO CONSEGUIU ABRIR OS OLHO. EU ACHO QUE ELE ATÉ TENTOU FALAR ALGUMA COISA MAS SÓ CONSEGUIU CUSPIR MAIS SANGUE FRESCO. EU ME CHEGUEI PERTO DELE E PASSEI AS MÃO NO CABELO VERMELHO DELE. PASSEI AS MÃO

NO PEITO LANHADO DELE. EU FUI DESCENDO AS MÃO ATÉ QUE EU SEGUREI O PAU DELE. O PAU TAVA INCHADO MAS NÃO ERA POR MINHA CAUSA NÃO. EU ME AJOELHEI NA POÇA DE SANGUE E COMECEI A LAMBER O PAU DELE E A CHORAR. EU CATUQUEI COM A PONTA DA MINHA LÍNGUA O PRELÚDIO DELE. EU SENTI A PIROCA FICAR UM POUCO MAIS INCHADA NA PONTA DA MINHA LÍNGUA. EU ARREGACEI A PELE DO PAU DELE PRA BAIXO E METI A CABEÇA DAQUELE PIROCÃO TODO NA BOCA. FUI MAMANDO COM FORÇA. O MEU DENTE NÃO TINHA COMO DOER NELE MAIS QUE TODO O RESTO DO CORPO DELE JÁ TAVA DOENDO. O MAICON GEMIA BAIXINHO. GOSTO E CHEIRO TAVA TUDO MISTURADO. GOSTO E CHEIRO DE SANGUE, DE MIJO, DE MERDA, DE LÁGRIMA SALGADA E DE PIROCA MESMO. O PAU DELE TAVA DURO, TAVA BEM GRANDÃO E EU CHORAVA CADA VEZ MAIS. ACHO QUE ELE GOZOU QUENTINHO NA MINHA GARGANTA NA MESMA HORA EM QUE EU OUVI UM BARULHÃO ATRÁS DE MIM. FOI A PORTA QUE SE ABRIU NA PORRADA. E ENTÃO O HE-MAN PERGUNTOU ALGO TIPO ASSIM QUE PORRA É ESSA?!

markgraph

Rua Aguiar Moreira, 386 - Bonsucesso
Tel.: (21) 3868-5802 Fax: (21) 2270-9656
e-mail: markgraph@domain.com.br
Rio de Janeiro - RJ